天地行咏

陈亚舟纪游诗集 二

陈亚舟 著

文化艺术出版社
Culture and Art Publishing House

图书在版编目（CIP）数据

天地行咏：陈亚舟纪游诗集. 二 / 陈亚舟著. —北京：文化艺术出版社, 2022.12
ISBN 978-7-5039-7341-3

Ⅰ.①天… Ⅱ.①陈… Ⅲ.①诗集—中国—当代
Ⅳ.①I227

中国版本图书馆CIP数据核字（2022）第221931号

天地行咏：陈亚舟纪游诗集　二

著　　者　陈亚舟
责任编辑　张　恬　刘　颖
责任校对　董　斌
书籍设计　赵　蠹
出版发行　文化艺术出版社
地　　址　北京市东城区东四八条52号（100700）
网　　址　www.caaph.com
电子邮箱　s@caaph.com
电　　话　（010）84057666（总编室）　84057667（办公室）
　　　　　　84057696—84057699（发行部）
传　　真　（010）84057660（总编室）　84057670（办公室）
　　　　　　84057690（发行部）
经　　销　新华书店
印　　刷　中煤（北京）印务有限公司
版　　次　2022年12月第1版
印　　次　2022年12月第1次印刷
开　　本　710毫米×1000毫米　1/16
印　　张　13
字　　数　100千字　图片约80幅
书　　号　ISBN 978-7-5039-7341-3
定　　价　120.00元

版权所有，侵权必究。如有印装错误，随时调换。

陈亚舟，湖北孝感人，毕业于山西大学中文系汉语言文学专业，中国书法家协会会员。自1969年入伍至1990年，军旅生涯20余年。从连队到中国人民解放军总政治部宣传部，从军事《后勤学术》刊物编辑到宣传部新闻干事，多年从事写作文宣工作。1982年在全国第一次新闻职称考评中，获得高级编审任职资格。1990年调入中央部机关工作。先后在各种报刊发表新闻和文章若干篇。著作有《马克思主义军事后勤理论研究》《兵家智战——华北地区古代战例评说》《人民防空概论》《中国古代军事文化》《党的生命之魂：保持共产党员先进性十二讲》《天地行咏：陈亚舟纪游诗集》《陈亚舟书法作品集》等十余部。

寄情于物志向远

这是陈亚舟先生的第二部诗集,他的第一部诗集是我作的序,序名为《回首烟雨化诗境》,记录了亚舟退休后对往事的回望,寸心寸得的留恋及感怀。到第二本诗集,亚舟再次盛情约我作序,我一口答应下来。三年前刚刚出版了诗集,温热尚在,又出版第二本,让我有些惊讶,这老兄是"中"了"诗邪"了,一发不可收。这次的序以《寄情于物志向远》为题,毋庸置疑,是对此诗集的概述和寄愿。

天地之大,藏美储秀,人游于中,取心于志,应该是纪游诗的要害所在。亚舟这本诗集截取的是他近几年下沉底层,观光山河人物的诗,大江南北,长城内外,古迹今胜,民族风情,包罗万千。他正是以赤子之心、诗人之眼,履地观天,缅古怀今,洋洋洒洒,写下错落有致、抑扬顿挫的诗行。其诗深刻而灵动,足以征服读者的内心。

纪游诗的渊源可以追溯很远,自古以来,很多文人墨客写纪游诗赋,得圣名的多如星斗。如李白的《梦游天姥吟留别》、苏轼的《前赤壁赋》、欧阳修的《醉翁亭记》，都是纪游诗赋的名篇，留存于世，至今仍是文学中的瑰宝。

纪游诗是格物致知，寄情山水于胸襟，激扬文字于笔端，胸怀、才情皆潇洒无遗。因此它也最能体现诗人的人生观、价值观、审美观的向度，备受青睐。尤其是镶嵌在诗行中的警言妙句，更是受到世人的珍爱。

无疑，陈亚舟就是遵循这样的法则，亦步亦趋地行走在诗歌的大地上。

简而言之，纪游诗的体貌可以用"表情达意，诗在弦外"来概括。即诗人透过事物的表象，追问灵魂，敲击骨头，使人生保持积极向上、心向光明的能动。以"黄鹤楼"为例，同是一座名楼，诗人笔下的诗思情态却各有波澜。在崔颢那里是："黄鹤一去不复返，白云千载空悠悠。"在李白那里是："孤帆远影碧空尽，唯见长江天际流。"在贾岛那里是："青山万古长如旧，黄鹤何年去不归？"在毛泽东那里是："黄鹤知何去？剩有游人处。把酒酹滔滔，心潮逐浪高！"在陈亚舟笔下也有黄鹤楼："三镇江烟连云动，千艘笑语惊水鸥。"

即便同一事物，在诗人的笔下却千差万别。有的宏大，有的空幻，有的幽深，有的高远。各种语言的内核张力，无不来自内心的意志。从而也张扬了诗词的艺术本质，言简而意厚、韵致而悠远。在咏物主体的导引下，俯仰天地，驰骋万仞。诗意满飞，思接千古。

亚舟的诗歌深得此味，在浏览山水间，必定有诗的发现。他总是在平凡的甚至故有的存在上，竭尽全力开拓一种新的美学元素，支撑诗意的天空。即便面对古迹，千诵万咏，他也有自己的发现和感怀。比如，对三国故地、西安碑林、五岳之首泰山，都展现了自己独特的笔触，用词用典非常讲究，读了令人难忘。

在近百首诗歌中，我发现了他一些"诗随时运转、笔下有新天"的诗歌新作。这正好印证了文学跟进时代、走向人民的根本宗旨。尤其是我们身处的大变革、大发展、大创新的信息化时代，其统领了我们的生活,这种无处不在的色彩和声音,技术和手段,必然在诗中显现。

显然,亚舟做了生活的主人。他心入、笔入,写出网络化、信息化时代的人们的心态和追求。在《电子网络世界》一组诗中,他一口气写了四首诗,对网课、网购、音像、战争,进行诗意探索:"图书馆在网,资料库查寻。无堂振兴教,有网出才人。""人间万万化,耳眼千千神。""人游在万里,音频报家门。""战场广无限,双方阵无形。攻防计分妙,进退动无痕。"

诗人看到网络化给人们的生活带来的变化,深情写道:"昔日餐餐望烟火,门前柴炭垛成坨。……叠叠今看萦线网,家家日用超负荷。圣尼逝者如斯叹,未见他年安乐窝。"通俗易懂的语言组合,勾勒了新时代、新风貌的气象。

在这里,我们读到的是近体诗中的排律,即由五律、七律演化而来的多言韵律。它是按照一般律诗的格式加以铺排延长,每首至少十句,多则有至百韵的。它的优点是不受五律、七律的限制,对于一种事物的感性抒发有了更广泛的空间。排律始于唐宋,盛于明朝。大诗人李白、杜甫、王维、白居易、孟浩然、韩愈、苏轼等,都是写排律的高手。

今天,写这种排律的人不太多见,陈亚舟在这一体裁的传承上所做的努力,可见一斑。我说的不仅仅是格式上的继承,在诗的内容上大胆放手,植入时代的生活色彩,多向性、多方位地开拓,让新时代的新生活内涵,在排律这一体式的框架下,有了丰富厚重的意蕴表达,这更是他孜孜以求的。

总之,不管如何在体式上创新,保持构思的高妙、语言的精粹、意境的深邃,永远都是写好旧体诗词的要义和铁律。

步入古稀,尚志可期。从岗位上退下来,不被动休闲,把心志交给诗词书画,寄情于山水大地,是很多老干部的选择。陈亚舟是其中的代表，他把大把时间交给笔墨，先是书法，后是诗词，两者都有显著成果，于人于己于社会都是一份贡献，值得赞赏和鼓励。当然，书法也好，诗词也好，毕竟是中华文化的瑰宝，博大精深。只有具备相应的品质和技艺，才能攀住一二，做一粒星光。这对任何有志者都是一个尺度，不可怠慢。

就文学与年龄来说，似乎成熟期都在老年，"天下文章老来成"也许是最好的诠释。

艺术是高雅的宫殿，它需要大志向、大高格、大气力，方能到达彼岸。

在这里，祝愿陈亚舟不负时光、不负时代、不负诗词之厚望，重新站在起跑线上，向高峻、深邃的艺术高峰求索前行。

峭　岩

2022年11月19日于北京花园书斋

峭岩，当代著名诗人。原解放军出版社副社长、编审。曾任解放军艺术学院文学系主任、政委。中国作家协会会员，中国诗歌学会常务理事，中国作家书画院副院长，国际华文诗人笔会副主席。出版短诗、长诗、散文、传记等文学作品60余部。享受国务院政府特殊津贴专家。

前言

我自幼即好舞文弄墨，尤喜诗文。1969年入伍开始从事新闻宣传工作，接着又在杂志社做编辑。后来大半辈子在机关工作，工作之余，开始搞一些文史研究与写作，略有著述。于诗亦颇心喜，时时开卷吟诵。大学老师讲诗词的分类、体裁、格式、诗律、平仄及对仗等，只是一些概念性东西，但我深知，要作诗，只有这些诗词的基本知识是远远不够的，还必须有社会经历，有生活体验，对所见所闻有认识，有情感。古人云，诗有兴、趣、意、理四格，如果将这些理论和实践打通了，会于一心，才能谈得上作诗。我觉得作诗比写一般文章要难一些，因此我平时做了许多关于诗词的笔记，偶尔也写几句，然不合于律，故不能成诗。此后，受到老诗人姚青苗教授、古典文学专家姚奠中教授、词学家吴丈蜀先生等老一辈面授指点，几位先生又分别送我有关诗词的著作。反复研读后，我对诗词的感知加深，兴趣更浓。我性喜文字，旁骛多门，徒流于好学而无诗果。著名现代诗人峭岩，是战友，也是我的老师，每有著作都送我一本。我们经常在一起谈诗论道，这使我受益匪浅，慢慢地对诗亦有会心。

由于工作关系，我走遍了全国各地大中城市。工作之余，游历了祖国的山川江河、名胜古迹。所到之处，往往心思不在观山看景，意有所得，往往感而成诗。几十年来，诗词笔记积累了一大堆。前贤有云：诗有天机，待时而发，触物而成。退休之后，得师友勖勉，重理旧作，编辑出来，求教于方家。

中国诗词传统源远流长，精华绝唱千古不绝，成为中华文化取之不尽、用之不竭的源泉。一代又一代人自儿时即开始吟之诵之，吸收其文化精神、营养。无数才子诗人，无不是在诗词语言的浸润中成长起来的。公木先生曾有一精辟论述：古典诗词有它自己的生命力。古典诗词的形式经过多年的摩挲砥砺，在实践中已经使大家觉得是一种方便、能得心应手的文学体裁，可以拈来随口应用。三千年来，我们的列祖列宗用它来抒情志，明教化，寄神思，逞才性，淘沙拣金，去粗取精。历代诗人写成的颇见性情的篇章，使人感动，使人惊异的地方不单是诗篇的形式，即它的语言、它的音韵、节奏和旋律，更重要的是通过诗篇表现出来的中华民族的精神内涵——深沉的思想，诚实的品德，宽宏的怀抱，自然的意趣，情致婉约，风骨挺拔，以及操守、格调、丰神、刚柔兼陈，隐秀错采，都有一派扣人心弦引人入胜的魅力。正如公木先生所述，继承和发扬中国古典诗词美的传统，我们的前辈们做出了示范。毛泽东、朱德、陈毅等人的光辉诗篇，可以说是我们民族传统诗歌在新的历史条件下伟大实践基础上的升华。没有伟大的实践和经历，也不可能有如此深邃的思想情感，创造出如此辉煌灿烂的篇章。由此可见，中国古典诗词的优良传统，永远值得我们努力学习、继承和发扬。

万里山河多壮丽，千秋踪迹有迁移。古今相照，古代诗人所描写的境况，有的风光依旧，有的似同实异，有的完全发生了变化，有的连影踪也看不到了。比如长江三峡，孙原湘笔下的西陵峡："一滩声过一滩催，一日舟行几百回……险绝正当奇绝处，壮游毋使客惊心。"唐代诗人张继描写旧时姑苏城外的景象："月落乌啼霜满天，江枫渔火对愁眠。姑苏城外寒山寺，夜半钟声到客船。"今天的苏州西枫桥，此景似有非有。另外，过去没有的现在有了，比如南水北调工程、高速铁路、长江大桥、航天工程等；过去的沙丘、河川、小山村，现在变成了大城市；过去一些不毛之地，变成了百里长街或工业基地。如此惊人的变化，今天我们用传统诗词形式来描述、来讴歌，就会赋予其现代情感和现实意义，在传承的基础上发展民族的诗歌样式。文物古迹中蕴藏着丰富的思想，比如承德避暑山庄，大家都知道这是皇家避暑之地，却不知道其另外两个作用：一是用于练兵习武；二是为了团结北方少数民族，将其作为迎送礼宾之所。挖掘名胜古迹中的这些内涵，是十分有意义的。我尝试着对旧址旧景的变迁做新的描述，为旧的意境赋予新的内容，化陈腐为新奇，人们能从中领悟到一点新意，得到一点启迪，我即心满意足了。

古人云："诗为遣兴而作，兴至则托之于诗，而以游兴为特佳。故古人纪游，往往有诗，或述其山川，或详其风土，务求翔实，仍须悠远。"几千年古国文明，古迹遍地；今日中华，山河更加壮美。当你游历了这一切，就不可能不情动于中而发之于诗。当你再次忆起所见所闻时，最先涌上心头的，往往是诗情画意。每到一处，只要你读懂了与此地有关的诗歌，就会进入另外一种精神境界，引起无限遐想。当然，如果自己费心思写一首，你的情怀就和此地此景契合起来，融为一体了。

我的纪游诗，情虽真挚，但水平有限，其中有的合律，有的不尽合律。严格地讲，近体诗必须依照格律安排。撷拾残稿，敝帚自珍，非敢言诗，聊存昔岁游程心路而已。旧好新知，览之一哂可也。

陈亚舟
2019年3月于北京北半坡园

目 录

天路行——由西宁乘火车入青藏高原赴拉萨游 / 002

穿行王屋山 / 004

游敦煌莫高窟叹为观止 / 006

唐山颂 / 008

咏黄鹤楼 / 010

陪将军回红安 / 011

苗家寨采访 / 012

陪同红军夫妇进太行山寻子记 / 014

麦积山怀古 / 016

西安碑林杂咏 / 018

九寨沟感怀 / 022

呼伦贝尔大草原放歌 / 024

屋脊飞吟 / 026

武汉敬别李光军将军 / 028

登东国门龙虎阁望"三国"兴叹 / 030

东方第一村——朝鲜民俗村感赋 / 032

黄河源头海南州 / 034

深圳红树林　/　036

怀武汉王朝东　/　038

清平乐（中调词）——人住天地网络间　/　040

电子网络世界　/　041

城乡家庭生活电器化到来　/　044

与金融界管理人士赴新加坡国大学习记咏　/　046

爱学习的企业家乔杰伦　/　048

乙亥年夏送陈序孙上大学　/　050

为全民开展"书香中国"活动鼓与呼　/　052

夜飞北京空中观景成咏（六言绝句）　/　056

车手之歌　/　057

游访凉山彝族自治州书怀　/　058

高楼远眺长安大道风景线　/　062

从戎守晋三关感怀　/　064

观太原古城遗址感怀（五言十六首）　/　068

赠余海浪　/　096

滹沱河岸稻飘香　/　098

武夷山镇一茶庄　/　099

赠杨昆　/　102

哈尔滨的冰灯节　/　104

耐寒训练　/　105

咏路　/　106

二张营村　/　108

边城采访遇险记　/　110

挽岳母　/　111

青城山中幽之咏 / 112

西南会理行咏 / 114

迁安之行 / 116

夜宿陈福钢宅 / 117

游鄂州梁子湖岛途中遇暴风雨惊叹 / 118

海归女 / 120

洛阳烧伤医院院长肖建勋发明创新寄赋（四言诗）/ 122

王柏林美丽人生 / 124

读雄文《文稿，还能这样写》有感 / 126

贺兰山岩画 / 128

陈乐平 / 132

巴山之子王金安 / 134

赠何文波 / 136

遥望星空为英雄赋颂 / 137

盼天游 / 138

西山红叶 / 139

同学情怀寄太行 / 140

泸沽湖咏 / 142

参观呼吸庄园寄赋 / 148

重访房教授 / 150

回乡偶忆幼识山间石屋牛爹 / 152

终身难忘的一刻 / 154

念父 / 155

忆故乡除夜 / 156

童年二三事 / 157

退休 / 160

游华山 / 162

回故乡重游巍巍楚古都感怀 / 164

乡友袁汉平来京相见为赋 / 167

一天行 / 168

登泰山记咏 / 170

游临淄牛山（排律六十八韵） / 174

石榴情 / 179

翻书思深心不迷 / 180

读《王羲之书法全集》怀感 / 182

书海拾贝（学书法体验绝句） / 184

后　记 / 189

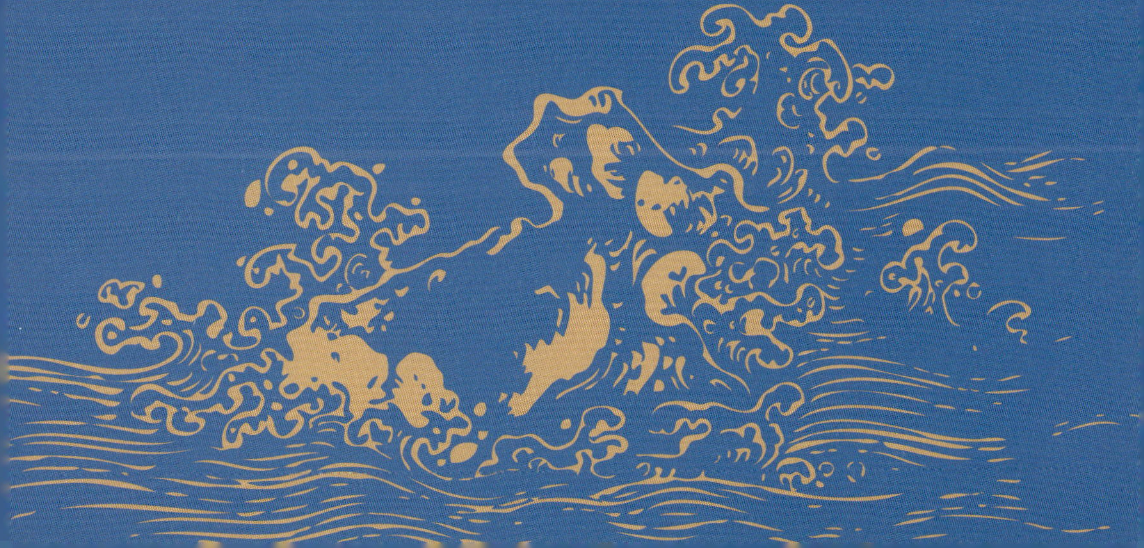

天路行
——由西宁乘火车入青藏高原赴拉萨游

题解：

　　当坐上火车进入青藏高原，途中火车向上爬高之际，你会感觉自己也在慢慢悠悠向上提升。过了一阵，火车驶入高原草地，蓝天白云下，碧玉湖泊、巍巍雪山、野马鹿群尽收眼底，令人心旷神怡，不禁由衷感叹：与天地近，与人间远，似乎梦境一般。

青藏高天尽，雪域连峰边。

海拔五千尺，高原风寒尖。

冰冻氧气薄，由来旷古险。

公主和亲路，马驼行尽年。

今有铁人筑天路，

西宁进藏只一天。

祈盼寻奇不辞远，

携家进藏乐游仙。

高原铁路世罕觏，

永冻路筑创新篇。

仰头摆尾穿云过，

铁龙直上九重天。

遥望远山云连雪，

一路珍珠路勾连。

野马羚羊遍草地，

铁桥隧道过等闲。
欲将相机留彩影,
望愁车厢封闭严。
漫汗风光天上路,
恍惚一觉拉萨前。
民族祈盼千年久,
梦想成真一日间。

(2000年夏)

青藏铁路通车百业兴旺 / 扎西朗杰摄 / 中新社

穿行王屋山

题解：

　　驰名世界的红旗渠，就在太行山上。它是在1960年经济极度困难的情境下，林县（今林州市）人民没有机械和运输工具，仅凭一钎一锤一双手，用九年时间在高山崖峡上凿出的一条高山水渠，灌溉面积广阔。这项工程举世瞩目，人称世界奇迹，诞生在太行山上。冥冥之中，愚公移山的精神在林州儿女中传承啊！

从晋太行王屋行，一路巅峰听水声。[1]
愁看两山入云里，误入北沟愚公村。[2]
见说愚公移王屋，如今子孙赋壮心。[3]
一钎一锤一双手，日出日落星月枕。
四季峦崖催寒暑，九年太行灌水城。
渠在峰巅接银河，水流太行依北辰。
河曲智叟岂能笑，愚公精神可远承。
人云世上有奇迹，红旗渠誉第八名。[4]

（2005年夏）

"人工天河"——红旗渠 / 刘建国摄 / 中新社

【注释】

1. 太行王屋：指太行山、王屋山。
2. 愚公村：太行王屋两山，本在冀州之南、河阳之北。传说北山有愚公，高寿九十。
3. 愚公移王屋：北山愚公面王屋山而居，苦于不便，率领子孙挑土运石，日夜不停，寒暑不止。河曲智叟笑而制止说："你残年余力，何能移山？"愚公说："我死之后，还有儿孙，子子孙孙没有穷尽，何苦山不平？"后人喻"愚公移山"为锲而不舍，意志坚定。
4. 第八名：有人称林州红旗渠为中国水长城，是世界八大奇迹之一。

游敦煌莫高窟叹为观止

题解：

"人类艺术灵宫"——莫高窟，坐落于甘肃敦煌。相传东晋至元代，断断续续开拓1000余年，保留下洞窟492个，壁画45000多平方米，彩塑像3000多件，是世界现存佛教艺术的宏伟宝库。清代，莫高窟道士王圆箓偶开藏经洞，更加展示了敦煌莫高窟艺术之灿烂光彩。深为不幸，此际窟内大量深藏的艺术珍品和文物，为世界列强所劫掠。所见所闻，谁不痛感叹？

初秋到敦煌，沙柳摇月凉。举目望城远，危山显赭黄。
整履步莫高，漫步到河床。河西出陡壁，蜂窝挂壁上。
窟檐示幽古，山顶泛金光。导游明解析，四九二窟藏。
峭壁洞连洞，洞群长复长。凿龛壁满满，塑像珰墙墙。
壁画浩若海，雕塑数千方。一朝五百洞，一洞一形样。
造神有盛时，可数魏隋唐。前秦乐造佛，代代接佛墙。
历朝数画壁，四万五平方。代代大师作，珍贵品万箱。
清士王圆箓，偶揭藏秘房。文物亿万件，珍品千年藏。
道士有分私，当政无眼光。外贼闻风动，无忌肆劫攘。
俄贼率骗窃，文物价无量。英夷性最谲，壁画刮尽墙。
经画三千卷，二十四大箱。法盗偷觊觎，计劫更疯狂。
六千卷画本，十大车满装。日买经三百，美亦画粘墙。

宝藏掠夺尽，经洞疮痍伤。清室惊醒后，所剩送京藏。

观闻烟霞窟，扶石问沧桑。若大国之宝，岂可任抢攘。

万车连月盗，任其放肆狂。非无识宝人，岂奈国不强。

写诗言忧思，难寐史之殇。此游吟望苦，乐在染古香。

（1998年秋）

走进莫高窟感知敦煌文化魅力 / 张晓亮摄 / 中新社

唐山颂

题解：

　　1976年，大地震几乎摧毁了唐山。唐山万众英风锐气，起而重建家园，倚全国支援，新唐山日益多彩，美丽宜居，工业愈见发达，能不令人赞叹。

地震风雨后，故城山河新。
文明稽远古，京东冠巍名。[1]
万众力重建，轩辕鼓催声。[2]
四海齐着力，唐城复回春。
工业兴飞跃，街市亮洁明。
地临京津近，天垂河海深。
道远任弥重，良时尽达人。
发展先开路，腾跃新唐城。

（2016年夏寄语并书唐山交通运输局贾国全）

【注释】

1. 稽：至。巍：高峻独特貌。
2. 轩辕鼓：即轩辕催战鼓。历史上的涿鹿之战，蚩尤向轩辕开战，蚩尤大败。轩辕乘胜追击，轩辕在后阵督着几十面大鼓催阵，一举获得全胜。

新唐山建成"国家园林城市" / 田地摄 / 中新社

咏黄鹤楼

题解：

黄鹤楼始建于三国吴黄武二年（223），今址居武昌蛇山。今之黄鹤楼较之古楼，无复空静、悠渺之观，周围环境也无复崔颢所谓"此地空余"。如今大桥耸拥，高楼林立，与友坐船江游，随兴感叹。

龟蛇携手锁江流，江上交语黄鹤楼。
不争崔颢笔题吟，后有李白诗更愁。
黄鹤古楼千载静，如今楼宇翠华稠。
巍巍大桥依旁立，栋栋高楼围蛇头。
两岸楼宇稠复密，江心洲岛别墅幽。
三镇江烟连云动，千艘笑语惊水鸥。
名楼存古琉璃耀，江城满眼新景浮。
李崔重出登台日，诗才放笔属谁优。

（2012年夏）

陪将军回红安

题解：

　　1983年春夏之交，余任职原武汉军区作战部，遵照领导指示，陪同尤太忠、何德庆几位老将军回红安巡视，今犹在念中，吟诗铭记之。

黄麻义兵战鼓响，万军彍天横阵扬。[1]

征后敌来村村灭，烧杀毁门绝烟窗。[2]

三将携手回故地，五六年隔两心肠。[3]

沧海历历将军老，故地思兮在麻黄。

乡亲花酒迎义勇，久别田园处处香。

一旬陪伴访乡路，沿途历闻百战详。

忆往风雷鏖战急，历经生死万里疆。[4]

将军归见新天地，依依惜别情深长。

（1985年8月10日作）

【注释】

1. 黄麻义兵：黄安县（今湖北省红安县）与麻城县（今湖北省麻城市），1927年11月，潘忠汝、吴光浩、戴克敏等人领导两县农民举行武装起义。彍：《汉书·扬雄传上》："彍天狼之威弧。"
2. 烧杀毁门绝：起义军走后，敌人窜到各村对其亲属满门烧光杀绝，惨无人道。
3. 五六：从起义到革命胜利回到故地，间隔56年。
4. 万里疆：指万里长征。

苗家寨采访

题解：

1989年夏，我在原中国人民解放军总政治部宣传部工作，受命宣传某部通信站站长杨昌华与当地群众学哲学、用哲学的先进事迹。我们乘飞机前往云贵川，到杨工作地域采访。一天，我们来到苗家寨，日和云淡，天高气爽，村民远迎村外，心颇感喟，遂吟此。

山翠云绕苗家楼，笑声相迎到墅丘。

男女拥簇村外远，竹酒鲜花好香浮。

一步一杯应声劝，一口一品灌深喉。

盛情难却一任醉，难拒族礼随俗酬。

入楼耳闻纷纷论，赞杨句句颂楷模。

座谈未开何处写，军民情融火映眸。

（1989年夏于贵州）

贵州丹寨：苗族盛装 / 黄晓海摄 / 中新社

陪同红军夫妇进太行山寻子记

题解：

　　何德庆将军和夫人闫玉珍都是老红军。1938年，何在太行抗战独立团任政委，闫担任团医护队队长。日军进攻扫荡山西，太行八路军被迫转移，闫无奈含泪将只有几个月的儿子托给村民抚养。抗战胜利后，派人寻子无果。中华人民共和国成立后再三派人去找，也无果。因为八路军离开这个村子之后，孩子被转托好几家。调查人去了，有的说病死了，有的说出事故了。后来我在何德庆院长部下工作，首长听说我从山西来，想让我陪他俩再到太行山寻子。"可怜天下父母心"，我接受任务后分析，孩子生死有多种说法，其中必有因。我先请当地同学、战友"侦察"数日，得知其子已被李家培养成人，在县机关工作。人证信实之后，陪首长重上太行山。

夫妇同征两红军，战归常念太行名。[1]
生子遂名何太行，半岁藏养在乡民。[2]
战后访寻音信杳，垂泪千行不死心。[3]
首长招我重计议，终经探访得实情。
幼转数家落寡户，长大立志业有成。
天下养恩屹不转，庭前大树谁舍荫？[4]
村送六孩请择认，母子心通一眼明。[5]
亲缘怀抱泪如雨，京晋两家结子亲。[6]

陪同红军夫妇进太行山寻子

【注释】

1. 两红军：指何德庆、闫玉珍红军夫妇。

2. 生子：何、闫夫妇在太行山抗日根据地生一子，起名太行。幼子半岁时，两人因抗日急战，托子于老乡。

3. 杳：幽暗，得不到真信，见不到踪影。

4. 大树：幼子被培养长大，立志成才。幼子最后到了孤寡老人李家。李很重视培养孩子，只望育儿传家。

5. 眼明：闫没有看被送来的其他孩子。其子长相与闫母十分相像，闫让李脱掉上衣，闫指着他背后的黑痣说："这是我儿子。"养母认可了事实。

6. 结子亲：生子、养子双方认可，不改姓，不移居，不离职。两家合为一家亲。

麦积山怀古

题解：

　　天水市，古称秦州。天水得名于西汉"天河注水"传说。天水麦积山闻名于世，又为石窟雕塑艺术圣地，自秦以来中国传统文化汇聚于斯。入其城，领略北雄南秀风光，追思历代英雄伟绩，能无感叹？

游入麦积山云烟，扶踏红石绿苔荫。
栈道拱础半空上，石碉泥塑诸品精。
心持半偈千面面，目注古道一层层。
人言七佛神功德，吾思李广飞将军。

（2007年秋）

"东方雕塑馆"——甘肃麦积山石窟 / 唐咸辉摄 / 中新社

西安碑林杂咏

题解：

　　中国历史上，有13个朝代在西安建都，都城富地保存了无数珍贵的历史文物。碑石、墓志、石刻即其中重要的一部分。大凡爱好书法的人到了西安，不能不走进碑林观赏，其展现的中国古代文化长河之壮观，令人叹为观止。

（一）

走进碑林书艺馆，座座碑石墨翰言。[1]
历史尘埃藏衣钵，代代书苑存伟观。

（二）

通观周秦汉隋唐，书法真迹艺深藏。
近观书圣法度墨，远有晋唐石碑堂。

（三）

名家碑刻墨筑墙，欧颜柳褚张李王。[2]
稀世瑰宝留字内，遥接时空书墨香。

西安碑林／杜飞豹摄／中新社

（四）

峄山刻石李斯篆，秦统书体立标坛。[3]
斯翁神品阳冰后，篆体至宋规范传。[4]

（五）

秦篆演变至汉隶，流行东汉书者迷。[5]
蔡邕汉隶豪一代，唐隶碑刻见珍稀。[6]

（六）

隶书变体章开启，宋后普喜今草猗。[7]
智张索怀王草圣，千字文碑看入迷。[8]

（七）

司马芳碑晋迹奇，由隶渐变楷书胚。
正方定型隋唐始，欧颜柳体万年垂。

（八）

三国正行已留名，后有二王集大成。[9]
赵承遗风树一帜，历代大家不乏人。[10]

（九）

绵亘石碑翰墨精，篆隶正草各纷呈。
遥思远代圣人墨，碑前静心悟省身。

（十）

千碑含珠千石名，法归心智万法明。
日半观碑行脚远，才阙惭非作书人。

（2010年9月10日于西安）

【注释】

1. 碑林：西安碑林创始于宋哲宗元祐五年（1190），素有艺术宝库之称。
2. 欧颜柳褚张李王：欧阳询、颜真卿、柳公权、褚遂良、张旭、李阳冰、王羲之。
3. 峄山刻石：秦代记功刻石。李斯篆书峄山刻石碑文。
4. 斯翁：指李斯。李阳冰是李斯后代。
5. 秦篆：秦统一中国之后，汉字的标准书体被称为"秦篆"。
6. 汉隶：汉隶是书法史上一大转变和进步。
7. 章：即章草。从秦隶中演化出来的新书体。特点是字字独立，圆转如篆，点捺如隶，如史游撰《急就章》。猗：叹美词。
8. 智张索怀王：智永、张芝、张旭、索靖、怀素、王羲之和王献之。
9. 正行：即楷书、行书。二王：王羲之和王献之。
10. 赵：指赵孟頫。与欧、颜、柳并称"楷书四大家"，其字体世称"赵体"。

九寨沟感怀

题解：

　　世云："九寨归来不看水。"游此地始知言不虚也。九寨沟以水著称，湖、泉、溪、瀑、河沟融贯一体，五光十色，多彩多姿；梯阶高低错落，群瀑自丛林峭壁跌落，由上至下，高亢低吟，宛如交响音乐。居于其间，心旷神怡，情荡不已。

九寨翠海含气新，精灵水国万古存。
仰望天空翻云海，俯瞰海中荡云行。
花红树摇海子水，山绿水溜山淋淋。
梯层流碧苔痕湿，高低水音琴韵吟。
人面海底再细看，鱼虾贝蛭群群分。
哲言水清无鱼在，言须半信莫当真。
沟翠泠泠磨今古，史镜久昭是非清。
藏家寨寨显五绝，海瀑林雪独一天。

（2012年夏）

九寨沟 / 安源摄 / 中新社

呼伦贝尔大草原放歌

题解：

　　人至呼伦贝尔大草原，感受空气、水、阳光、绿色植物等，心胸一放。试想人离开神圣的自然天赋，尚有何乐？人与自然本一体，互为依存。自然之赐已多，人须更好回报大自然，与之共臻和谐美好境界。

呼伦贝尔地，世界大草原。莽莽亮辽阔，苍苍光烂斑。
远山听马啸，曲水见羊穿。菜花黄坡北，松杉盖山南。
岗岗花灿灿，溪溪水潺潺。长风驾草浪，绿波转翻翻。
天地同一色，极目碧绿蓝。目眩眼眸花，身爽心神宽。
游在草原上，清香满衣沾。海拉尔之美，天赐福之园。
水草香甜道，花木摇心欢。迎来春天美，吹过秋天蓝。
夏日艳阳天，冬至雪花漫。四季皆花季，生命在循环。
风光美齐月，人在美中欢。馈赠人间物，举世莫贪婪。
天赋自然我，我须爱自然。

（2005年夏于海拉尔）

呼伦贝尔大草原 / 韩冷摄 / 中新社

屋脊飞吟

题解：

  人至青藏高原，易感空气稀薄、呼吸困难；然乘机凌空飞翔，遥望蓝天片片白云，俯视群峦雪峰，不禁心气爽朗，留恋之情顿生，飞行之际留此吟咏。

屋脊气清清，蓝天云皑皑。[1]
飞翼升云霭，彩云迎我来。[2]
朵朵白雪飞，逗眼机窗外。
蓝白嵌阳青，心神爽开怀。
河汉接即离，藏宇重九垓。[3]

既现雪山动，又看云徘徊。

飞空入云浑，神游至千载。

问我落何处，双流机场台。

（2007年于西藏飞往成都的飞机上作）

【注释】

1. 屋脊：统称西藏高原为世界屋脊。
2. 飞翼：指飞机。
3. 九垓：即九天。

西藏风光 / 吴克涛摄 / 中新社

武汉敬别李光军将军

题解：

20世纪80年代初，我在原武汉军区作战部工作，跟随李光军副司令员不到两年，军队改革开始，武汉军区被一分为二，分别与济南、广州军区合并。李将军在原地离休，我到了济南军区。相离千里，老将军虽已辞世，但他的威武英貌、军事学识、将帅风范，历历在目，特记咏之。

江城战略居前位，领首皆为伟英雄。[1]
将军从戎经百战，勋名立业第一功。[2]
戎马倥偬归辽海，再入苏俄博学通。
国之雄才实可贵，实战兵法填满胸。
归国时遇文革闹，治军大志难尽衷。
吾侍司令理战事，相与受益情所钟。
万丈深林高松俊，谁料军改合并从。[3]
含泪举礼武汉别，仗剑箴言吾永崇。[4]

与李光军将军（前左）合影

【注释】

1. 江城：指武汉。历代军事战略重地。
2. 将军：李光军，开国少将。从1937年始，参加了抗日战争、解放战争、抗美援朝战争。荣获三级独立自由勋章、朝鲜二级解放勋章、中国人民解放军独立功勋荣誉章。
3. 合并：原武汉军区被一分为二，分别与济南军区、广州军区合并。
4. 仗剑：喻指李光军将军。

登东国门龙虎阁望"三国"兴叹

题解：

  1860 年，沙俄凭借武力强占我国东北大片土地，包括珲春防川。珲春副都统依克唐阿查阅边境时发现：自珲春河至图们江口五百里，竟无界碑一个，黑顶子小瀛江一带久被俄国占领。直到 1886 年，在吴大澂抗争下，才将"土"字界碑立于沙草峰南麓，此可谓大澂功绩。然此亦远远不足。如果胸怀大些，眼光远些，把界碑立在瀛江濒海，留给后人远出海洋一条通道，岂不幸哉。

东边去防川，广茅长萋萋。

树木萧森碧，海风飕袭袭。

中俄边界峰，东方哨耸立。

吾再登龙阁，江海收眼底。[1]

一眼望三国，双耳听鸡啼。

左连俄国土，右接高丽地。

朝云挂日海，海浪毗江泥。

中国面大洋，岂断出海基。

我心凝怫郁，延颈唯叹息。[2]

国界遗憾多，展厅看史细。

有边无防史，宰割任人欺。

防川今有防，土字碑矗立。

功碑业千秋，憾碑远海离。

瞻眺三国城，望洋兴叹息。

望"三国" / 廖攀摄 / 中新社

【注释】

1. 龙阁：指龙虎阁，高耸在防川景区内，高64.8米，共13层。站在高层可以一眼望"三国"，以图们江为界，左边是俄罗斯的边城包德哥尔那亚，右边是图们江和朝鲜豆满江市，远处是日本海。有"一眼望三国，犬吠惊三疆"之语。
2. 怫郁：即忧心。

东方第一村——朝鲜民俗村感赋

题解：

珲春系多民族居住地，以汉族、朝鲜族、满族为主，民族风情浓郁。东方第一村——防川朝鲜族民俗村居草木峰、图们江附近，中国第一缕曙光在此升起。"鸡鸣三国闻，眼观三国景"，可谓此地域奇观。

岚霭蒸珲春，江水拥图们。
夏来花放盛，光明雨洗晕。
伴友一路走，信步入异村。
杉柳山色净，香莼满村芬。
恍睨木屋中，屋顶门窗明。
问友居何族，答曰朝民村。
白衣洁净色，则羔利特征。
文明朝鲜族，古俗至今存。
衣襟女若仙，靴鞋似船形。
遥指烟生处，心满午餐情。
脚清席炕坐，屋明不染尘。
食用真讲究，糕泡满鸡镦。
酒肉饭饱后，又添面冷盆。
清音伴酒醉，醇香三国闻。

（2012年秋）

长白山下民俗村风光 / 段利摄

黄河源头海南州

题解：

　　黄河源头北起青海南畔，南至海南藏族自治州。黄河两岸，草原辽阔，牧草青青，流水泠泠。天高、地阔、黄河清。万里黄河若一线如此，净水清流，是为天堂！

内看黄河水混稠，

溯流源头看南州。[1]

远眺州域河两岸，

翠拥清河淌悠悠。

五千亥山巅峰望，[2]

百泉汤池碧玉流。

我来源头怀清水，

唯望长河清到头。

（2001年于西宁海南州）

【注释】

1. 南州：指海南州，青海湖以南、日月山以西为海南藏族自治州。
2. 亥山：即直亥山。直亥山海拔5011米。山有池水如镜，百泉涌流，直下黄河。

黄河源头／王精业摄／青海省海南藏族自治州宣传部供稿

深圳红树林

题解：

　　深圳以三十多年成为举世瞩目的大城市，万座高楼拔地而起，令人惊叹。然我真心爱者，深圳之千岁红树林也。

望海楼群照秋明，深圳滨海踏侨村。
亿往海滩独红处，如今林楼仅百层。[1]
大厦围林楼千座，唯有红林缀眼明。
谁铺深南通海路，红树候鸟醉人深。

（2012年秋于深圳）

【注释】

1. 独红：指深圳的红树林。20世纪80年代以前，沿海滩自然形成以红树科为主的木本植物群，是深圳湾畔一处独红林，面积368公顷。深圳建市后，红树林被楼群包围，独立于市中心，成为国家级自然保护区。市区沿着滨海大道，与滨海公园连成一片，构成美丽的自然风景。每年秋冬十万只候鸟南迁此地。林楼：红树林与高楼。

深圳红树林 / 吴峻摄 / 中新社

怀武汉王朝东

题解：

2020年初，武汉暴发新型冠状肺炎疫情，危情影响之广之大涉及方方面面，许多生产停止。闻之王朝东启瑞药业生产正常，影响较少，实在幸喜，贺赋之。

瘟疫风吹怵悃憔，照萝醒来向南朝。[1]

见闻千家业疫断，唯知启瑞不动摇。[2]

忧忘创业艰辛史，已过艰辛路煎熬。

十年磨剑人堪用，不畏强疫过寒潮。[3]

誉为守法大税户，恒持操业一熔销。[4]

科技自创勤百炼，启瑞道通独跨鳌。

朝东理想志高远，奋力数年筑基牢。

追求福音创药业，稳操实业百代豪。

【注释】

1. 悃憔：迷昏不清。朝：指王朝东。
2. 疫断：因新冠肺炎疫情，诸多企业受到影响。
3. 强疫：指新冠肺炎疫情。
4. 熔销：守成一个企业，就像高温熔钢一样。

启瑞光明 / 俞城摄

清平乐（中调词）——人住天地网络间

题解：

　　现代人吃住行都离不开网络。学习、购物、出行、交易等，无不与网络密切相关。网络世界的高效、快捷、便利，俱显人类科技之发展。

旧岁四方，
行讯衢多止。[1]
今有全球无量网，
人类网络居。

现代学研工创，
蜘蛛网络电驱。
天网地网全球网，
一朝陷溺难出。

（2021年5月28日）

【注释】

1. 止：即障碍。

电子网络世界

题解：

现代人生活于网络时代，万事万物扑面而来，一时令人惊叹、好奇，深觉不可思议，进而联想及古典小说中千里眼、顺风耳的神话。科学技术创造了奇妙的网络世界，给人带来无限想象空间，也给学习科研、生产生活提供了极大方便和快乐，岂不美哉！

其一　网课

校堂当更好，无堂亦招生。
网络把作校，上课指手轻。
选修学科目，为许网上定。
师生隔千里，交流键成痕。
不排名位座，不分老中青。
时间自安排，授课听讲清。
图书馆在网，资料库查寻。
无堂振兴教，有网出才人。

其二　购销

往日开商门，人旋挤进来。
今日店门早，人潮涌不再。
商品网上有，购物荧屏开。
不迈半步街，居家可买卖。
点击手机屏，买卖成交快。
快递准时送，货物送门外。
老人弄网缓，眼花手笨呆。
笨鸟飞慢慢，跟上新时代。

其三　音像

人间万万化，耳眼千千神。
掌心握一屏，音像万般生。
不是女儿呼，即是朋友问。
万里传文书，千页弹指成。
人游在万里，音频报家门。
心想闻世事，自身随看听。
娱信全家乐，音像网络寻。
谁夸人全能，难抵一好屏。

其四　战争

满天布宇星，各国建网军。

战争剑向上，九天云深层。

战场广无限，双方阵无形。

攻防计分妙，进退动无痕。

不发战则罢，打则攻准精。

千里眼先瞎，大地阵乱遁。

遥控权在手，攻击隐暗深。

遮莫空打地，天逢地伏兵。

（2018年夏）

上网课 / 华云摄

城乡家庭生活电器化到来

题解：

城市家庭生活的电器化[1]已实现。走进任何一家，电灯、电话、电脑、电视、电水壶、电饭锅、冰箱、空调，等等，一应俱全。生产、生活似乎都离不开电器。农村家庭生活电器化近些年也是快速发展。

昔日餐餐望烟火，门前柴炭垛成坨。

村窗灯暗因油缺，城郭路宽送电多。

叠叠今看萦线网，家家日用超负荷。

圣尼逝者如斯叹，未见他年安乐窝。[2]

【注释】

1. 电器化：生产、生活、通行、娱乐等各个方面都用电。
2. 圣尼：指孔子。逝：往去之辞。斯：此也。孔子在川水之上，见川流奔腾，尚未停止，故叹人年往去，也复如此。借此说明一切事物，如人们生产、生活等，都在不断发展变化。

胡松岩家的厨房 / 陈军摄

与金融界管理人士赴新加坡国大学习记咏

题解：

  2002年秋季，我参加了金融界赴新加坡学习班。在新加坡国立大学听课、到金融机构参观考察整整一个月，也到了中国驻新的几个银行进行访问，所听所见，大开眼界，令人感叹：新加坡经济繁荣，成为"亚洲四小龙"之一，正是东南亚金融中心起到了决定性作用。

新大攻书一月中，熟知当地盛金融。[1]
金融大市群如虎，东亚经济一卧龙。[2]
对镜察身知我误，管死放乱难适从。[3]
一国繁荣银行重，一棋走活全盘通。[4]

【注释】

1. 新大：新加坡国立大学。
2. 卧龙：新加坡经济发达，被公认为"亚洲四小龙"之一。
3. 适从：人们常说"银行一管即死，一放就乱"，很难做到管和放通达，适从市场。新加坡金融机构监管严、品种多、流动畅。
4. 一棋：指金融这盘棋。盘：指整个经济大盘。

与金融界管理人士到新加坡国立大学学习留影

爱学习的企业家乔杰伦

题解：

  我在成都见到乔杰伦时，他是当地邮电业一位年轻的技术员。若干年后在北京西单见面时，他已下海搞企业，试用毛泽东军事思想指导企业发展，我觉得这想法有意思。过几年我再见他时，他侃侃而谈，在北京大学读企业高级管理班多时了。概而言之，杰伦诚实厚道，勤奋好学，是一个力求进取的人，也是一个对人、对社会责任心很强的人，值得称颂。

忆昔川邮公职乔，如今自业情满豪。
繁华蓉城商激荡，下海潮流心摇摇。[1]
披星走外探富路，先富思想才有招。
北大班读尤增智，南商北贾好经交。
方知兴科治国策，开放改革逐大潮。
知闻信息时代爆，恰好昔著自有操。
若问度功得秘籍，创管培新理指导。[2]
与世诚信以如恕，行事慧智讲精效。[3]
业在科电云峰开，攀登刚到半山腰。
磐岩绕壑新台上，复见业绩倍倍高。

（2022年夏）

【注释】

1. 下海：当时从行政单位或企事业单位出来后自办企业，被称为"下海"。
2. 度功：评价、衡量是否成功。《左传·昭公二十年》："度功而行，仁也；择任而往，知也；知死不辟，勇也。"
3. 如恕：自己有诚信，待人宽宥。

群英会 / 乔杰伦摄

乙亥年夏送陈序孙上大学

题解：

　　陈序小孙从小爱运动，也爱学习，无论在家里，还是在车上均能自觉读书。初中能写文著书，在少年文学杂志发表；外语水平很不错，十四五岁到上海用英语演讲。陈序固不乏天赋，但关键在自己今后努力发展。

序孙幼年实灵聪，考学问我哪门中。[1]
入门见笑装束俏，袖底抱稿意听从。[2]
吾说理科好就业，学成亦能财路通。
孙言读书各有志，得失岂暇争鸡虫。
闻幼议论复感发，心喜孙辈志宽宏。
翁辈听后连言是，基础夯实路路通。
后孙年少心在天，海阔天高映彩虹。
愧我滞思须销破，后生学就竹成胸。

（2018年春）

陈序在中国传媒大学 / 魏维摄

【注释】

1. 序孙：孙子陈序。中：方言，行或可以的意思。
2. 听从：征求建议。

为全民开展『书香中国』活动鼓与呼

题解：

  2016年2月始，党中央国务院主张全民开展"书香中国"活动，鼓励全民读书，形成读书社会氛围，这是国策大计。那一年，当地政府给我家送了"书香门第"奖状，深感受之有愧，其实家族中也有不爱读书之子孙。古今中外都说：书是人类智慧的结晶，书是人类进步的阶梯，等等。史实证明，有成就的人无不酷爱读书。大多数人总认为读书是孩子的事，只要求孩子，不律求自己。孩子读书固然重要，成人终身读书更为弥珍。读书对于个人成长重要，对于整个社会的发展与进步也极为重要。为此，我为读书鼓与呼！

（一）

人人劝读书，自古传到今。

娃娃能谔谔，呼儿念诗文。

学年好光阴，父母苦劝勤。

书是精神粮，知识增智能。

人生路途远，开卷照前程。

向上贵读书，读好益终身。

圣言学优仕，书中藏黄金。

仕金且不论，读书先立身。

（二）

书山千千座，学海万丈深。

登天有书路，万程亮路灯。

世上行行业，门门须学问。

高精尖特科，典籍注精魂。

创造发明源，苦读开源能。

人生逐浪高，书可指分明。

心存有伤忧，籍愈胜药灵。

投懒若不学，糊涂误人生。

（三）

水滴穿石卵，滴水汇河汉。

读书贵持恒，开智可移山。

熟读且深思，取精究深钻。

如饥之于食，精细须嚼慢。

博学而不穷，笃行不重拈。

积学以储宝，致用不为难。

求学如登山，一步一台端。

不在更三五，惧一曝十寒。

（四）

精品人之神，终身书作伴。

少年修学业，成年越新关。

老年学不止，苍龙化春园。

书籍随身带，养性要博览。

光阴皆可读，切莫尽疏懒。

老少皆读书，文明再升攀。

为世用良苦，读书破万卷。

治国学方略，国昌福万源。

（2013年夏）

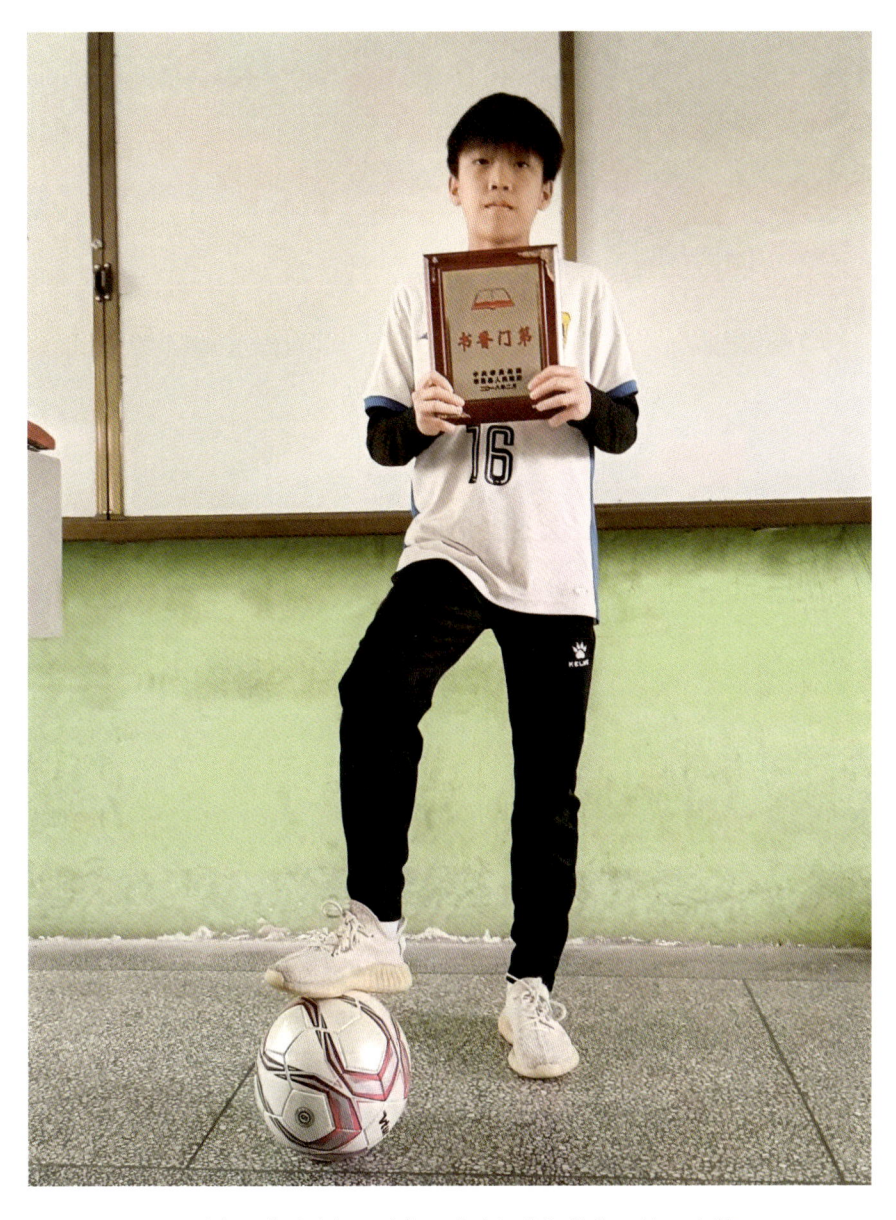

足训中心学员陈朝阳手持"书香门第"奖状 / 陈卫东摄

夜飞北京空中观景成咏（六言绝句）

城空道道彩光，
高楼层层灯窗。
地面车龙滚滚，
天上星月茫茫。

（2016年夏）

2018年的北京夜景 / 赵雅丹摄 / 中新社

车手之歌

立交纵横如梭穿，

黄昏处处色斑斓。

无面网妹语专雅，[1]

有兴的哥心底欢。[2]

临时停车高看处，

路灯盏盏转龙盘。

弯弯巷路迷不失，

谢谢哥妹送我还。

（2020年8月16日）

【注释】

1. 网妹：指代GPS（全球定位系统），多为女声亮音。
2. 的哥：指出租车司机。

游访凉山彝族自治州书怀 [1]

隋唐开巂州，南诏置昌郡。
元朝设慰司，明朝行藩镇。
现代建自治，州府立昌城。
东面抵盆地，西边断山横。
北山面大渡，南野临金坪。
雅砻划江界，西部耸天埂。
山河呈南北，苍原莽森森。
凉山小相合，传说诸葛登。
大凉山岭小，小凉高山峻。
大小分四季，四面各一天。
太阳照山动，月明歌彝喧。
夏日飘凉爽，冬天暖温氛。
颛顼为虞帝，高阳存故岑。[2]
三江经凉山，五十联中瀛。
蜀国通疆域，南中居彝民。
凉山峻山川，屏障重三层。[3]
旧制封堵路，遗存见史痕。
虎豹咆墅旷，狼豺窜山浑。
千年古道路，丝绸茶马屯。
西南通国际，官道巡护兵。
文化频交流，遗迹布满星。

武帝开道远，道路穿纵横。
汉彝回苗藏，茶马互市荣。
各族相融合，文明积淀深。
文化原生态，毕摩文彝存。
纪元开新制，奴隶转文明。
独立当瑶阙，传呵步紫垣。
刀耕变机耕，火种也无根。
农耕向现代，时代跨新程。
万里高速路，千江筑电能。

百川宗渤澥，梁山出雄鹰。
何幸逢佳运，人民识贤君。
千载彝古朴，六祖之古恒。
古侯向东徙，曲涅向西行。
数支融华夏，氐羌语文根。
毕摩文质核，本位集成金。[4]
族群一根谱，凉山万载魂。[5]
崇拜万物灵，内含理人生。
生死重礼仪，婚嫁饰银身。
妈妈歌儿女，美酒礼谦谦。
库什彝年春，火把节光天。

节宴多禁忌，食用好新鲜。

待客重礼仪，转转满酒斟。

服饰花艳异，绚丽醉纷呈。

歌舞声传远，故事志所傧。

玛牧训世诗，远古流源津。

徒闻太学巨，思维克哲根。

尔比尔吉花，道德人仰钦。

驰声气尚吞，彝族唱诗文。

史诗名华夏，代代口传延。

继承悬日久，重教化轩辕。

西昌立州府，邛海挂昌明。

海水出邛月，宾馆临海近。

龙宫悬宝镜，凉山植彝魂。

游客识彝族，海景看风情。

彝族风情湖，特色情留神。

返回宾台楼，海碧醒醉魂。

远眺螺髻山，明澈新昌城。

（2001年正月二十日于西昌）

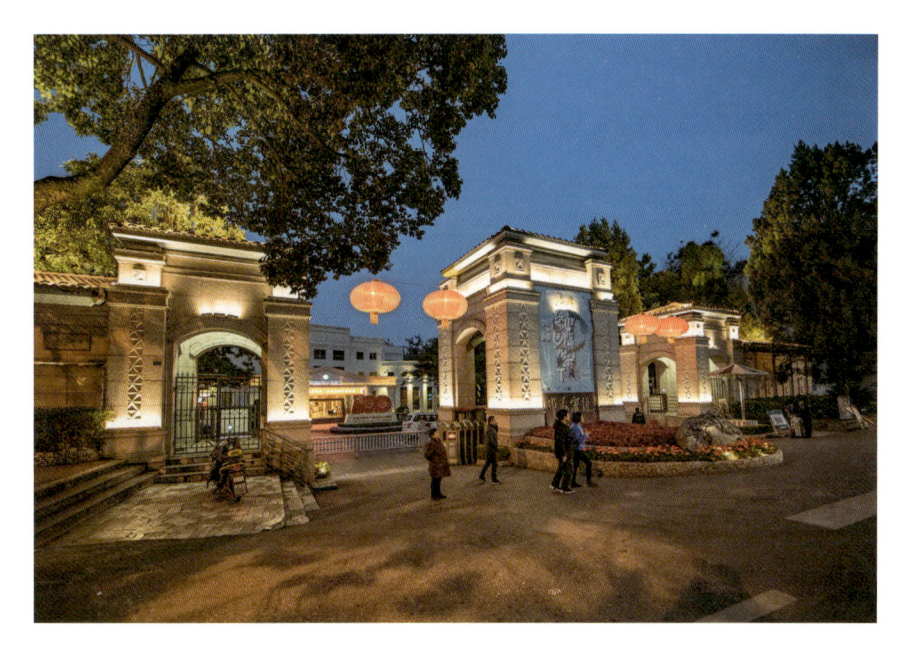

四川凉山：西昌夜色美丽 / 刘国兴摄 / 中新社

【注释】

1. 彝族：彝族是一个历史悠久、文化传统优秀的民族。1952年设立自治区。1955年改自治州。1978年与西昌地区合并。
2. 颛顼：虞帝。《史记·五帝本纪》《水经注·若水》记载，轩辕黄帝之子昌意降居若水（即雅砻），昌意娶蜀山氏女为妻，生颛顼于若水之野（今冕宁县境）。颛顼后为虞帝，号郭阳氏，冕宁因此成为高阳故里。
3. 三层：彝谚语即高山、密林、大江。
4. 毕摩：毕，念、诵或读；摩，长者、老师。
5. 一根谱：形容毕摩文化是几千年彝族文明史中生长出来的一棵婆娑树。

高楼远眺长安大道风景线

车道条条宽广，奔驰奥迪富康。

车来车往车龙，灯绿灯红灯黄。

交警车驾互动，左右手势真忙。

前后转身飒飒，警官礼貌堂堂。

（2018年10月）

北京长安大道 / 九洲摄 / 中新社

从戎守晋三关感怀

晋北边陲重，宁平雁雄关。[1]
朝朝争晋地，代代战犹酣。
中华几千岁，更朝在处战。
战史千万本，北漠多篇卷。
战备若论地，晋北当首戡。
从戎登关眺，油然生感叹。[2]
北风狂战场，忆昔见苍原。
欲吞疆场气，见关论谈垣。[3]
旧堡血红染，塞长骨堆山。
看山似将士，功勋如桑干。[4]
今予亦戎守，继守千年关。
江山久稳固，关关尽肃然。
古士握刀箭，今我执钢弹。
执勤站风雪，闲来翻史看。[5]
忆古龙汉旗，拓跋巡恒山。[6]
前秦灭前燕，秦又被燕残。
朝起更朝落，塞烟起万端。
李牧守代郡，亚夫击匈顽。[7]
苏武与李广，挽弓射云端。[8]
刘邦战白登，班超文武权。[9]
汉帝驱匈奴，杨业精诚传。[10]

平型关乔沟 / 张勤摄 / 中新社

隋唐名杨家，子义征吐蕃。[11]
世民征突厥，宋军败契丹。[12]
闯王征紫京，首战晋三关。[13]
八路战日寇，大捷传名远。[14]
忆史一战战，英灵光环环。
千年古沙场，代代重镇关。
晋关严军务，关乎问江山。
紫塞绕国都，边疆固国安。
此地今无事，有备才无患。
我军驻关寨，军威扬古原。

065

三关多勇士，英烈壮我胆。

北熊挟武来，箭炮迎熊獾。[15]

（1976年春作，2008年修改）

【注释】

1. 宁平雁：指晋北的宁武关、平型关、雁门关。
2. 从戎：指参军。
3. 垣：战地貌。
4. 桑干：桑干河。
5. 史：兵书历史。
6. 龙汉旗：画有龙的旗帜。长城以外的人称长城以内之地为汉地，旗为汉旗。

   拓跋：拓跋珪，399年改号称帝（魏道武帝）。
7. 李牧：赵国良将，镇守三关，大破匈奴，威震四方。亚夫：周亚夫，汉代守边名将，令敌军闻风丧胆。
8. 苏武：西汉时具有崇高民族气节的英雄人物。李广：西汉名将。
9. 刘邦：汉初王，领大军与敌白登决战。班超：东汉班超。
10. 汉帝：汉武帝，汉武帝于元封年间出塞亲征。杨业：又杨继业，卫边的爱国将领。
11. 子义：指郭子义，唐玄宗时任朔方节度使，征吐蕃，平乱卫边，功勋卓著。
12. 世民：李世民。
13. 闯王：李自成。
14. 大捷：日军进入平型关时，八路军全歼日军一路，成为震惊中外的战役。
15. 北熊：苏联。

平型关／李平摄／中新社

雁门关／王春摄／中新社

067

观太原古城遗址感怀（五言十六首）

（一）

公元前497年的太原之战

太原大平原，城周重山岑。[1]

打开灵石口，水向南北分。

西周姬封子，叔虞子燮亲。[2]

唐地临晋水，国号称为晋。[3]

春秋多战乱，晋水引北郡。

遥想开汾河，商朝筑邑兴。[4]

邯郸败简北，晋阳置驻军。[5]

修宫建壁垒，赵国立都城。

注释：

1. 太原：大平原意。古人云：广平曰原，太原，原之大者。
2. 叔虞：周成王之弟，封叔为唐侯。燮：和也。
3. 唐地：叔虞之子燮父称王时，因为唐地临晋水，所以将国号定为晋。
4. 遥想：缅想封唐处。
5. 简：即简子。公元前497年，简子从邯郸逃到晋阳，安营驻军。

太原汾河 / 段柱摄

（二）
公元前588年前后的太原之战

晋公六卿裔，国强立晋地。[1]

知伯图主霸，逼赵让地沃。[2]

赵退守并州，知追堵墙陴。[3]

决水再淹闷，城内满潮汐。

马肉度苦日，锅底无粱粟。

汪洋泡一年，军民恐悒悒。[4]

襄子计救赵，一计解危急。[5]

赵魏韩联盟，伯亡赵国立。

【注释】

1. 六卿：公元前558年晋景公置六卿，形成知伯、赵、韩、魏、范、中行六卿专政局面。
2. 知伯：晋阳王。
3. 并州：指晋阳。
4. 悒悒：恐惧。
5. 襄子：赵襄子。

（三）

公元前248年前后太原之战

秦庄先灭赵，后扫赵余残。[1]

晋府秦置郡，太原名此颁。

秦政岁卅六，刘邦此立韩。[2]

太原再建都，匈奴又进犯。

兵马数十万，箭刀指太原。

刘军先出兵，御匈白登山。[3]

雁太立代国，代王刘子恒。[4]

军威镇雁关，太原文帝安。

【注释】

1. 秦：秦庄襄王三年（前247）占据晋阳，置太原郡。
2. 卅六：秦始皇执政三十六年。刘邦：汉高祖派韩王信坐镇太原，改太原郡为韩国，都晋阳。
3. 白登：今大同西白登山。
4. 代国：北汉高祖将太原与雁北划归一起，称代国，汉帝封子为代王。

古城墙 / 段柱摄

（四）
公元 304 年前后太原之战

刘琨忠晋间，并州筑城池。[1]

城长四千三，匈王窥切齿。

率军硬强攻，城陷百日螫。[2]

糟蹋城残破，周城民掩骷。[3]

刘军争夺战，晋阳归复始。

匈奴败北走，石勒又攻狙。[4]

刘琨迫无奈，飞孤关被矢。[5]

孤军奋战九，民歌敬颂歔。

【注释】

1. 刘琨：并州刺史。
2. 螫：毒害。
3. 掩骷：血肉模糊。
4. 石勒：立国号后赵，控制华北，常攻击晋阳。
5. 飞孤：孤即孤关，飞即出孤关。

百草口长城 / 成岗摄

（五）
公元316—396年太原之战

刘后八十年，晋阳五胡天。[1]

胡人内倾轧，北魏觇馋涎。[2]

魏军攻太原，尔朱荣掌乾。[3]

荣死孝帝手，高欢相府填。[4]

东西魏对立，北都太原建。[5]

高洋齐国号，宫祠飞花钿。[6]

天龙山仙屋，荣设市盛筵。[7]

青天二六久，周军再攻延。

城民阚抵御，延宗被擒歼。[8]

太原民众苦，兵燹天暗暗。

【注释】

1. 五胡天：胡指胡人。五胡：后赵、前燕、前秦、西燕、后燕。
2. 北魏：386—534年，建都于盛乐。
3. 尔朱荣：北魏秀容部落首领，攻入晋阳，置太原郡。
4. 高欢：尔朱荣部属，后在晋阳建"大丞相府"，北魏分成东西对立。
5. 北都：高欢子高洋操纵东西大权。
6. 高洋：篡东魏自立，国号齐，史称北齐。
7. 天龙山：太原西山，建天龙山石窟。
8. 延宗：高延宗，并州刺史。

（六）
公元 581—617 年太原之战

杨坚立隋朝，晋阳子龙袍。[1]

广王好大功，筑城葺帝巢。

围墙高宽大，巍巍四丈高。

八里新城开，万金装宫豪。

凿衢出游道，宫门接太岳。

管涔山天池，建宫皇逍遥。[2]

广派渊守并，渊师誓狂骄。[3]

团聚义士军，长安夺隋朝。

一举得天下，立国大唐号。

【注释】

1. 子龙袍：龙袍指帝王。杨坚称帝后封次子杨广为晋王。
2. 管涔山：山西宁武境内管涔山。
3. 广：杨广。

古城 / 成岗摄

（七）
公元690年后太原之战

太原公子渊，五代兴太原。[1]

河东富好武，兵强天下安。[2]

朱温攻城数，几战几败残。[3]

唐朝大军起，推翻朱梁权。

晋阳改北都，后唐史多喧。

石敬瑭在后，晋阳树帝幡。[4]

契丹强攻城，反攻敌逃远。[5]

元曲白兔记，扬名英雄传。[6]

【注释】

1. 公子渊：公子指李世民；渊指李渊，李世民之父。
2. 河东：唐代称山西为河东道。
3. 朱温：北魏旧部，以太原王资格掌北魏政权。
4. 石敬瑭：后晋主，932年任河东节度使。在晋阳称帝，国号晋，史称后晋。
5. 契丹：古族名，古国名。北魏在辽河一带。
6. 白兔记：元曲名。

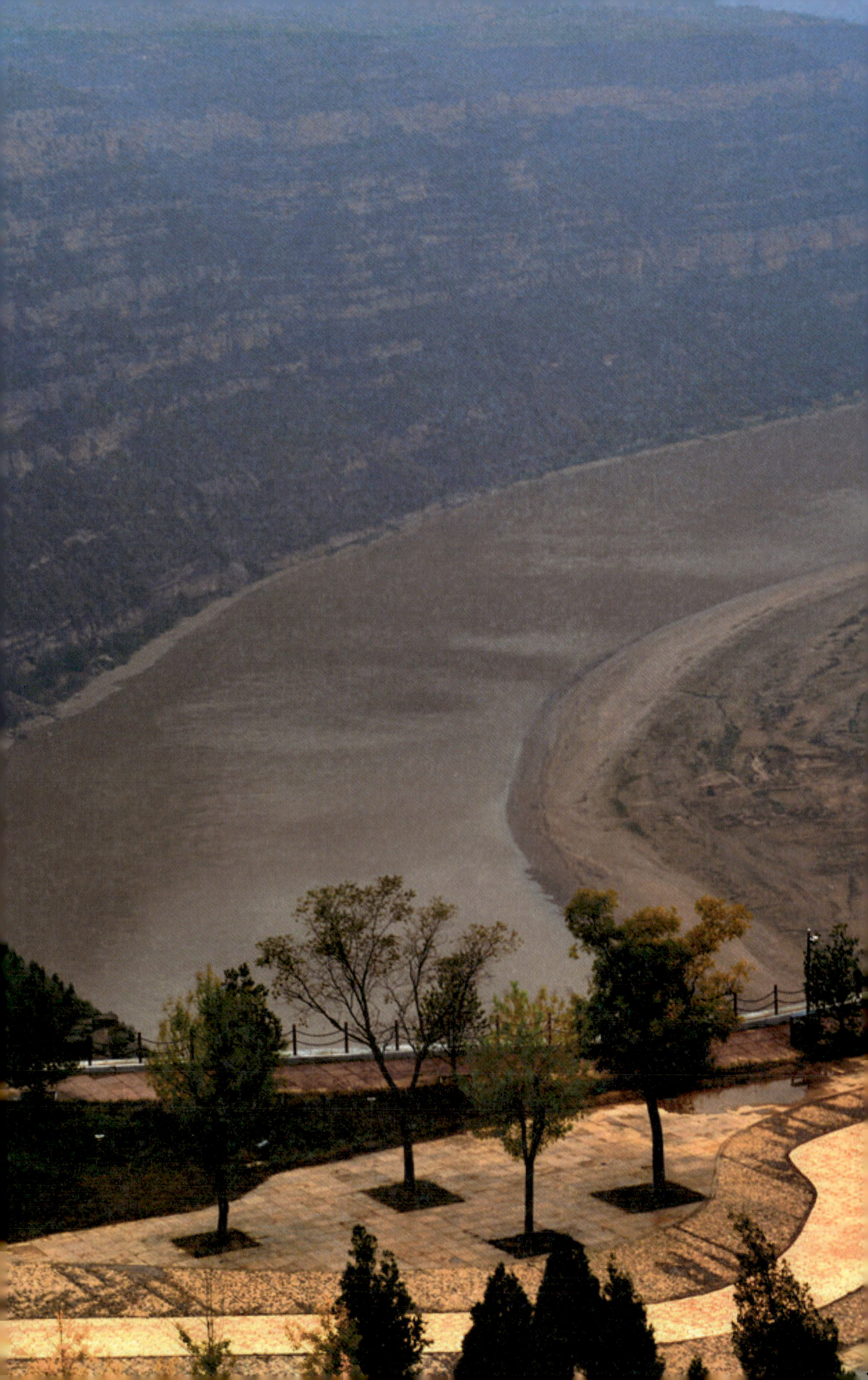

乾坤湾 / 段柱摄

（八）
公元756—896年太原之战

李唐扩晋阳，北都修屏障。[1]

城中池水阁，汾河水两漭。

水上泛鸥影，楼台映水光。

太宗立碑记，城坚固屏疆。[2]

地险国富足，武备兵好强。

晋阳眺巍巍，突厥窥恇恇。[3]

思明敢强攻，光弼锐抵挡。[4]

城防如铁壁，贞观之治扬。

【注释】

1. 北都：后唐定晋阳为西京，之后改为北都。
2. 碑：贞观碑。贞观十一年（637）唐太宗在晋阳写的碑。
3. 恇恇：害怕、惊慌。
4. 思明：史思明，安禄山部将。光弼：李光弼，唐朝大将。

（九）
公元951—979年太原之战

史载东西汉，刘崇据太原，[1]

强军掌权后，立国称北汉。[2]

太原管十县，采银揽税权。[3]

倚辽为后盾，刘汉周军觇。[4]

攻克汉诸州，势若石压卵。

周军围孤城，久攻无果返。

城防幸免失，刘拜天龙山。[5]

劈山造佛楼，乞求北汉安。[6]

【注释】

1. 刘崇：原河东节度使，951年郭威篡权后，刘趁机称帝于晋阳，称北汉。
2. 北汉：刘崇在晋阳的独立王国，自称"北汉"。
3. 采银：在山西繁峙设银局，采矿炼银。
4. 倚辽：依靠辽军作后援。觇：窥视。
5. 天龙山：太原西山。
6. 造佛楼：北汉在天龙山造千佛楼。

（十）
公元969—980年太原之战

宋祖立朝宗，首要北汉崩。[1]

赵军围太原，运土筑堤垌。[2]

引堵河汾水，灌城溢洪冲。

围兵患瘴疾，兵罢暂收弓。

赵军虏移民，掠民徙山东。[3]

九七六年夏，赵军再强攻。[4]

三次火攻城，东西南北轰。

水火箭刀法，汉降宋称雄。[5]

【注释】

1. 宋祖：宋太祖赵匡胤。
2. 垌：土筑堤。
3. 徙山东：迁移山东。
4. 九七六年：指976年。
5. 汉降宋：北汉主刘继元投降于宋军。

天龙山 / 段柱摄

（十一）
公元 980 年太原之战

宋来更残忍，杀戮又毁城。

嫉恨民顽抗，报复狂掠民。

人畜迁徙南，四处火烧平。

老幼葬火海，满城血淋淋。

引水冲城池，围墙铲山平。

城毁古迹灭，人绝草除根。

赵军手段惨，晋阳天地昏。[1]

古城百日毁，罪恶千古恨。

【注释】

1. 赵军：宋赵光义的军队。

太谷 / 成岗摄

（十二）
公元1125—1126年太原之战

金军破北宋，两路攻西东。[1]

西路逼太原，骁骑急如风。[2]

军民怒抗金，黄忠血战勇。

持久八月余，粮空人马忪。[3]

金兵攻陷城，杀戮地血红。

宋宗欲放纵，媾和如帮凶。[4]

城陷人亡乱，军倒民窘穷。

宋金长混战，城毁千万重。

【注释】

1. 北宋：1115年，女真族阿骨打建国号为金。1125年破辽后，金兵分东西路攻宋。
2. 西路：从大同西路向太原进攻。
3. 忪：恐惧。
4. 宋宗：指宋钦宗。

辽金崇福寺 / 成岗摄

（十三）
公元 1218—1368 年太原之战

金兴二年秋，蒙马战金马。[1]

金军守城坞，数日鏖战杀。

乌缢城陷落，太原蒙军踏。[2]

晋北战云卷，元金杀如麻。

孛罗战察罕，城郭乱践踏。[3]

战火连年烧，死逃剩几家。

朱朝克元后，山西必攻下。

夺并大火拼，最终朱称霸。[4]

【注释】

1. 二年：金兴定二年（1218）八月，蒙军木华黎围攻太原，金军顽强抵抗失败。太原被蒙军占领。
2. 乌缢：乌玛刺自杀。蒙军踏：蒙古军攻占太原后蹂躏践踏。
3. 孛罗：孛罗帖木儿。察罕：察罕帖木儿。
4. 朱：朱元璋称皇。

悬空寺 / 成岗摄

（十四）
公元1370—1637年太原之战

朱祖子孙继，王府晋建毗。[1]

二七六年治，肖墙城堡密。

元残鞑靼军，突袭明军西。[2]

俘虏宫明宗，太原连遭袭。[3]

侵掠县四十，放火捣城基。

明军强反攻，鞑靼败凄凄。

此地战乱残，城周人烟稀。

明朝定安并，数年见紫霓。[4]

【注释】

1. 子孙继：朱皇子子孙孙相继276年。
2. 鞑靼：元顺帝失败退到和林，传三世后被鬼力赤篡位，改号为鞑靼。
3. 明宗：明英宗。
4. 紫霓：朝兴城盛。

（十五）
公元1644—1649年太原之战

闯王李自成，国号名大顺。[1]

西安尚稳足，战马奔河汾。

三日驰侵晋，两日攻陷城。

名关手得逞，都城横斧锛。[2]

三桂联清军，闯王退紫京。[3]

回返关隘内，太原布防阵。

坚壁清野策，城门严锁扃。

清军炮狂轰，城破李逃遁。

【注释】

1. 大顺：李自成称王于西安，1644年为大顺元年。
2. 横斧锛：四方争战杀戮。
3. 三桂：吴三桂。

晋祠 / 段柱摄

（十六）
公元1648年太原之战

明朝姜瓖军，举兵图反清。

四方聚义众，攻打晋祠门。

太原监军张，兵骑置防严。

西山军待战，赤桥严布阵。

五天鏖战激，姜军断后勤。

晋祠战不久，突围南逃遁。

乱鱼充兵数，秀才兵不成。

义兵举杂伍，不见真将军。

（2000年冬）

赠余海浪

题解：

余海浪自江西来京做装饰工程，为我们园内几户人家做过天棚、窗户，总因小差错而返工。小伙子忙忙碌碌、辛辛苦苦，却粗心大意，我看在眼里，抽时间与他谈心说道。他诚心接受，不断改进。后来他回到南方发展，从小工做到企业老板，可贺可喜。

做事先做人，做人先修身。
常学明理道，理智潜自心。
实践中思读，辩事议多宣。
工程重细节，切忌有粗心。
施人言真爱，受怨多要忍。
逆境帧心泰，处事方法正。
富贵不足慕，致富多行仁。
三思而后动，大事商议行。
智慧避不利，慎言节诺轻。
恒心图创业，前程路安稳。

（2020年秋）

龙邦智能门窗科技有限公司 / 余海浪摄

滹沱河岸稻飘香

题解：

　　我入伍不久，随大部队来到晋北繁峙，站在村头眺望滹沱河两岸，茫茫冰雪覆盖着大地。一会儿，眉梢挂霜，四肢寒冷。此时真的体会到，北方寒冷，粗粮难吃。难怪有人说："宁可朝南走千里，不可向北迈一步。"自古人们对北方环境多有感叹。人能适应环境，改造环境，利用环境，有着无穷力量啊！

驻军繁峙滹沱旁，号吹冰河寒风狂。[1]

南士壮心拒冷袭，就是不爱吃粗粮。

将悟部下南士意，施策拓荒变稻仓。[2]

冬过春到水淌淌，练武育秧两忙忙。

昔地有史无稻种，今敢沙滩换新装。

三年练就身心暖，季季收获谷满仓。

传闻沙滩变金屋，风摇稻黄稻飘香。

方闻奇迹繁峙来，吾伴社长写文章。[3]

（1973年记，2021年修改）

【注释】

1. 驻军：1972年，部队换防进入晋北繁峙。
2. 南士：指刚从南方来的新战士。
3. 方：方言，时任新华社山西分社社长，到繁峙县采访。在县招待所一昼夜，我伴方言写完《繁峙在变》的文章。

武夷山镇一茶庄

题解：

2000年夏，我与朋友李敦国游武夷山。群峦绿翠，云雾缭绕，悬岩含碧，地僻芳菲。此地被称为避暑天景、茶的王国。茶山、茶园、茶庄和茶艺，令人陶醉神往。在此，我们通过茶楼小江，认识了郑福华、刘锋、郑雪萍、刘水仙等茶艺人，与他们结下了不解茶缘。

偕游山镇寻茶楼，遇见茶姑楼台走。
敦与江妹聊八卦，岩茶一杯我入喉。[1]
堂内器皿镶满壁，名枞高品俱所收。
爱珍道自家产茶，如数家珍啜不休。[2]
罗汉甘醇带蓝底，万枞香桂岩马头。
甜雅如兰白鸡冠，岩顶桂香火足搂。
甘而不腻黄玫瑰，臻岩老枞水仙优。
武夷山上岩坑涧，红袍工艺传刘手。[3]
红裳生就红岩上，域特山奇岩韵稠。
吃完名茶唯多多，如甘露流浸颊馊。
便觉身轻欲翩飞，肌骨精气透苏苏。
聊因投缘茶家余，领我观尝坊园幽。[4]
茶庄依山傍水静，四处坊明楼净浏。
一家老少皆能手，种植采制精细谋。

枝叶甘霖云霄降,培植苗长注清流。

采茶季节把准时,手作工序道道够。

制作流程接洽当,品味等级鉴清楚。

近山重叠翠成堆,满屋桂香沾衣袖。

后劝家人重游访,倾囊购成茶俗喽。[5]

(2022年春)

【注释】

1. 敦:朋友李敦国。江:指茶姑江爱珍。聊八卦:即聊天。

2. 家珍:指自家生产的名茶,如大红袍、肉桂、水仙、白鸡冠等。

3. 红袍:指大红袍,刘锋是其制作工艺十大传承人之一。

4. 余:这里指吃茶之外的故事。

5. 茶俗:习惯喝他们制作的茶。

茶庄 / 郑羽旋摄

赠杨昆

题解：

近些年，所见所闻，电的重要性和变化，不禁使我想起了中共中央党校的同学杨昆。通过在校的学习、之后的交往，我看到了他的敬业精神、为人民服务的品质和为电力事业做出的贡献。这些都值得我学习。20 世纪 70 年代，他从草原风口的农村走出来，考上了华北电力大学，从学生到副校长，从学校到企业，后任南方电力监管局局长，最后任中国电力企业联合会党组书记。他为中国电力事业倾注毕生精力，始终把电力事业放在心上，默默奉献，可敬可颂。

居官从业为民谋，浮云富贵尔不求。
电能照明天下事，孜孜不倦为此修。
幼年深知塞暗冷，从学致业意深厚。
造福人间建网电，发电不负一生酬。
往复任职不辞苦，处处光明乐心头。
创新电能再跃进，事业未竟志不休。
眼看行行电关键，再造能源第一流。
良辰多远情未了，电业一志足千秋。

（2022 年秋）

集控中心 / 阮海洋摄

哈尔滨的冰灯节

题解：

2017年1月，哈尔滨的张颖大姐邀请我们几个同学，参加了哈尔滨冰灯节这一独特、奇妙的活动。天然的冰本无生命，通过艺术家的手，却变成如此光亮美丽、活灵活现的艺术品，供世人观赏，令人赞叹。

冰垒城硕大，光照月似小。
灯光排星上，兆麟一宫宵。[1]
哈市冰灯节，天冷人气高。
冰雕天下景，观宫眼福饱。
精湛品千五，天宫地上瞧。
玉砌银镶巧，鲁班神工雕。
楼皆砖瓦泥，冰楼光透料。
长城长万里，烽火冰城遥。
故宫层层殿，冰透宫碧瑶。
珠峰插云天，雪堆冰峰霄。
万般冰艺品，件件灵性俏。
唯有冰灯节，名扬世界耀。[2]

（2019年冬）

【注释】

1. 兆麟：哈尔滨市兆麟公园，冰灯游园会即在此公园内举行。
2. 世界耀：冰雕艺术规模之大，且被约定为节日，唯中国哈尔滨。

耐寒训练

题解：

　　1977年，我从学校回到部队后不久，部队进行耐寒训练。我参加了这次训练。我深深认识到"实践是检验真理的唯一标准"这一真理之伟大。正如古言："不入虎穴，焉得虎子。"

大漠沙寒好练功，军人随地卧帐篷。
寒冷无限三十度，三皮坐帐且可中。[1]
马冻嘶鸣仰天骧，车行雪盖无路通。[2]
数夜飕飕练寒体，从此不惧冷挈风。

【注释】

1. 中：可以。
2. 骧：马首昂举。曹植《五游咏》："华盖芬晻蔼，六龙仰天骧。"

咏路

其一

昔日路泥泞，弯曲常断埂。
人走十里回，已成灰土人。
今天无土路，千里不染尘。
千里柏油盖，万里一抹平。

其二

长江桥始第，援建有苏方。
今有桥数座，钢模随意装。
桥随路则建，无路天桥上。
四方结网路，天地水桥长。

其三

昔日望山愁，旋山盘路艰。
愚公移山路，故事传万年。
今天有地龙，涵洞跨山险。
高峰重重叠，车行数刻间。

其四

平路车行少，人愿车驰速。
时间换金钱，快修高速路。
万里通九州，纵横任车流。
路铁比谁快，我选看谁优。

其五

油路村村通，车辆门门停。
出门即动车，做事驾车行。
远道行不难，天下村连村。
故乡程千里，早驾夜归门。

（2021 年春）

二张营村

题解：

二张营村是北京市北部燕山尾的一个村庄，有悠久的历史。村前有石垒御桥，西有卧龙山，还有一座卧佛寺。传说此地为康熙及皇亲国戚去承德时路过小憩的地方。以前村落很小，居户不多，位于土岗坡上。我刚来时，村里老姑跟我讲："这里原来很穷，有女不往这村嫁。"时过境迁，变化惊鸿，现在人云："美女快跑看现在，愿穿红装嫁人来。"

忻州洪洞二张营，全是山西市地名。[1]

缘何名联如此紧，历史变迁谁去寻。

今我不研地理故，身感二张新农村。[2]

来时沟污坡堆乱，如今窗亮楼台新。

街净灯明路荫翠，空蓝水碧艳阳天。

东边园林千层绿，西有卧龙秀村边。[3]

村前碧流南水来，村后菜蔬花满田。

文明和谐人人乐，史变村变越千年。

【注释】

1. 地名：忻州营、洪洞营等京北村名，与山西的忻州市、洪洞县同名。
2. 二张：即二张营村。
3. 卧龙：村边卧龙山，山上有寺，寺倒有址。

二张营村 / 王书利摄

边城采访遇险记 [1]

题解：

　　1980年9月，内蒙古大草原突降大雪。这是罕见的，也是始料未及的。正好，我碰上了。此时半路，我和司机在广阔无垠的雪地里，路无痕，人无行，车难动，天色已晚，又无联络方式，在此情况下，何不愁忧？无奈只好听天由命了。幸好，天不灭我焉。

九月草原亮，岂知狂雪来。

车往边疆奔，天旷人悠悠。

半路好大雪，雪盖路封愁。

随身通信无，弃车向前走。

草原白茫茫，无助心恐忧。

抛车踏雪走，行远见杆头。[2]

有站当有人，自有人可求。

急向站求诉，军车速营救。

（1980年记，2022年秋修改）

【注释】

1. 边城：指内蒙古自治区二连浩特市。
2. 杆头：指气象站竖立的标杆。

挽岳母

题解：

岳母罗琴璋，山西省一所传染病医院的大夫，于2016年7月16日逝世，享年87岁。挽诗于庚子年作。

寂寥庚子念慈母，人间崇敬慈母心。

一生为医作天职，患者全当自家亲。

无钱就医母垫付，有人求助急声应。

患者常来谢母拜，空手方可进家门。

洁白无痕伏医案，只为他人询病情。

弥留之际问病号，声声感吾泪洗身。

岳母航渡驾鹤去，双塔寺前拜仙人。

青城山中幽之咏

题解：

人云青城幽。人至成都青城山皆生此感。尝进山畅游，忽起幽情，慨而咏之。

青城山幽幽

青城与武当，两山皆道场。
各作数次游，感悟却异样。
青城山幽静，武当险而苍。
仙地必显特，特色各有藏。

其一　青之幽

入山蒙迢迢，满山布青嶂。
浮萍漂绿池，青藤铺石墙。
松柏葱葱绿，青杉高万丈。
万岭青积翠，满目翠苍苍。

其二　静之幽

山城寂静静，深谷幽雾雾。
入林路径窄，怪石杈丫林。

次第苔阶绿,曲径藏谷深。
吾在雾霭里,只听鸟鸣声。

其三　音之幽

道教地年久,青城灵仙廋。
神话载书海,诗联挂古楼。
山城道音远,绕梁心尤揪。
道哲深奥秘,梵音伴我游。

其四　古香幽

汉唐道高武,庙观盖峦峰。
千古遗址多,御诏唐碑崇。
细看亭阁坊,浮岚古浑融。
新仿旧样古,古气幽香中。

西南会理行咏

题解：

从成都坐车到西昌，再翻山越岭到达西南会理，整整八小时穿山路程。会理，因"川原并会，政平颂理"而得名，古称会无，始建于西汉武帝元鼎六年（前111）。两千年来，是川滇交通、经济、军事重地，古代丝绸之路，素有"川滇锁钥"美誉。今之会理古城，文化灿烂，地缘独特，物产丰富，景色宜人，别有风韵。

会理岁两千，紧锁川滇西。巍巍城中楼，四街摆摊密。

旋步上中楼，四街叫卖急。抚栏问茶姑，此地何物稀？

"石榴实苞红，绿陶弥琉璃。"下楼买绿陶，凉风袭带漓。

抬头望巅峰，谷花开满溪。晚霞落山后，白塔显雄奇。

（2019年正月）

会理市中心街关楼 / 杨友华摄

迁安之行

题解：

千百年来，在冀东大地特别是迁安境内，传说黄帝出生于伏龙山、沮水一带，先人寓言随处流传。迁安市内富饶美丽、风景宜人，更增游兴。

黄台湖水紫气清，伏龙山脉接唐城。[1]
初祖轩辕龙虎地，紫界沮水满黑金。[2]
今朝开济富民策，大道通衢高楼群。
湖柳绣窗林台上，廉合致富带万人。

（2019年夏为迁安廉合先生作）

【注释】

1. 伏龙山：亦称龙山，在迁安城南三公里处，偎依滦河。
2. 轩辕龙虎：传说黄帝出生在此地。满黑金：迁安矿藏如铁、煤等极为丰富。

夜宿陈福钢宅

题解：

2019年10月7日，我偕夫人赴唐山就医，与福钢会。晚宴纵横接谈，朦胧夜色，谊深话长，三更月起言犹未尽，随宿其家。晨起赋此以谢。

福钢与吾好，交往年已长。

京唐路不远，彼此常过往。

诗书频交流，酬勤黾勉刚。[1]

久别见真情，留宿叙衷肠。

别墅净洁美，厅室丽堂皇。

墅宸绕水系，轻风拂柳荡。[2]

日暮斟酒客，欲醉放言长。

三更月高洁，深夜梦亦香。

晨光映彩壁，窗亮透锦床。

早谢福钢弟，三时路京唐。

【注释】

1. 黾：鼓励。

2. 宸：别墅周围。

游鄂州梁子湖岛途中遇暴风雨惊叹

千湖生鄂地，梁子唯独清。[1]
深秋游湖岛，渡船到江心。
时光得人意，瞬间暴风生。
舵手神恐惧，风狂摇船颠。
船翁淋汗透，游客悚心惊。
颠船摇半时，岛坞见船停。
地物毁杆倒，渔民闭门紧。
羁旅进宾馆，楼影暗困困。
次日啼鸟窗，晨曦亮天晴。
整衣行儆望，岛旷吹稀烟。
蓝水复天蓝，湖岛出奇新。[2]
岛中有湖泊，湖泊有岛圻。
远景妙无边，近水碧透琪。
雨过出奇彩，险过又乐兮。

梦里水乡——湖北鄂州市梁子湖 / 姜夏东摄 / 中新社

【注释】

1. 梁子：即梁子湖，位于武汉东南，四周环水，中心有岛中岛。梁子湖原名娘子湖。传说1000多年前，这里为高唐县，因为地壳变动，变成泽国。地陷前夕，老母亲孟红玉和儿子刘润湖发现地陷征兆，母子俩火速告诉乡亲们撤离。大家跑到山上，顿时天昏地暗，暴雨滂沱，山崩地陷，村子瞬间沉没，此地成湖。人们为了感恩、纪念母子俩，为此湖起名"娘子湖"。
2. 湖岛：梁子岛，处在湖中心。是自然景观与人文景观为一体、四季皆可旅游的景区。

海归女

题解：

黄鹤，我看着长大的姑侄女，从小聪明灵俏，语讶天真，惹人喜爱。长大后绰约眉展，落落大方。2017年出国留学，优厚条件本可留在国外，但她想到父母年岁已高，毅然决心回国创业，还能依亲尽孝。她讲："孝道感动天和地，行孝儿女动地天。"

天仙配戏说董永，仙女慧眼做孝人。[1]
天纵鄂地多仙子，姑射身心不染尘。[2]
国外学成可高就，再高难比尽孝情。
孝接传统传千里，敬爱父母万里魂。

【注释】

1. 天仙配：自古传唱至今的黄梅戏。传说古代鄂北（今孝感市），董永卖身葬父，其事感动了天上的七仙女，七仙女下凡愿为董妻，俱至主家，偿债赎身。
2. 天纵：谓天之所使。《论语·子罕》中太宰问于子贡曰："夫子圣者与？何其多能也？"子贡曰："固天纵之将圣，又多能也。"《周书·武帝纪上》："禀纯和之气，挺天纵之英。"姑射：《庄子·逍遥游》："藐姑射之山，有神人居焉，肌肤若冰雪，绰约若处子。"后以"姑射"形容女子貌美。

黄鹤 / 黄安都摄

洛阳烧伤医院院长肖建勋发明创新寄赋（四言诗）

题解：

人体大面积烧伤，西医必从本人或他人身上做皮肤移植，而肖建勋院长建议不做皮肤移植，以中医治疗，使其自然生长。这种医治法在医道中绝无仅有，自祖传的基础上发明创制而成，值得推扬颂赞。

邙山长青，洛水流长。河洛悠悠，北邙苍苍。
名园洛重，金谷园仓。撅古法今，天香流芳。
而今居洛，建勋名扬。祖传药业，耳染目详。
本草六经，取精深藏。肖生癸巳，幼学湘乡。
十六随父，行医北邙。安居方城，扶民医伤。
烧伤专治，特效速康。山野采药，百草辨尝。
登峰攀岩，不畏风霜。药治精微，德医双扬。
近远求治，惠济民康。师举建院，服务国昌。
革旧创新，发明四项。立院数载，科研多奖，
商标著名，六绝医方。祖传子授，代代传芳。
医传后代，宇奇再扬。国医泱泱，究其深藏。
盛世传承，中医兴昌。济世为民，造福万方。

（2020年5月25日于北京）

肖建勋 / 肖宇奇摄

中医世家第七代传人肖建勋与原卫生部部长崔月犁合影 / 肖建勋提供

王柏林美丽人生

五女山下花满溪，丽娃水国香千里。[1]
八岁新蕾水中秀，十六游到花开期。
奥运汉城二四届，游泳健儿搏竞技。
颁奖赛馆名柏林，胸前奖牌泪滴滴。
滴泪情倾万池水，为国争光一面旗。
年富退役再做事，柏林春深更艳奇。
为培健儿旋戏水，池涟细浪遂心意。

【注释】

1.丽娃：指王柏林。国家一级游泳运动员。

王柏林与她的学生 / 何志平摄

读雄文《文稿，还能这样写》有感

题解：

　　雄文人老心不老，笔刀不老。耄耋之年写出《文稿，还能这样写》三部著作，主要讲常用的讲话稿、报告、经验总结之类应用文稿如何写作，求学者很多，可敬可颂。

半路浮云雨过身，雨停墨迹透斑痕。[1]
文山会海居中久，积炼文心笔耕深。[2]
稿子究其如何写，此乃应用法创新。
长篇万言人底爱，三卷翻开见雄文。[3]

【注释】

1. 雨过身：比喻在雨中前行。
2. 文心：类比刘勰著作《文心雕龙》。
3. 三卷：指雄文著作《文稿，还能这样写》上中下三部。

雄文老师 / 陈世功摄

贺兰山岩画

其一

途经阿拉善,驱车进银川。
横穿广武口,遥见大贺兰。
东听松涛涌,西望黄河滩。
青白望如骏,古今史重山。

其二

游到贺兰口,流泉景色幽。
坡陀岩壁断,刀凿石痕遒。
人如动植物,自然实浑厚。
兀立山头大,神牛头最牛。

其三

石嘴山北端,动植符号连。
凿刻两用法,黑石峁画满。
双钩条纹虎,体壮猛强悍。
刻塔敬天地,崇拜始开源。

探秘贺兰山岩画：岁月失语　唯石能言（一）／于晶摄／中新社

其四

口子山山梁,梁梁岩画装。
东侧山贺兰,密集且青苍。
红色沙石山,画图平地上。
只有广武口,骑猎野羊狼。

其五

卫宁北山里,山脉画密密。
大麦地纵横,内容千百异。
跳舞逍遥乐,草原猎射骑。
部落交战图,刀叉见血滴。

其六

贺兰青白骏,族群争斗频。
一山一青史,一画一诗文。
走马千山沟,归思古史深。
凿穿万年事,谁能言断明?

探秘贺兰山岩画：岁月失语　唯石能言（二）／于晶摄／中新社

陈乐平

题解：

  陈乐平成长于南海边,来京三十余年。识之于海乡,相互交往如常,兄弟相称,真诚实意,冥冥之中有陈氏宗祖之庇佑也。

海潮连屋近，楼前浪花掀。
乐平造海楼，海景挂窗前。[1]
庚辰欣送岁，兄弟同饮饯。[2]
登楼望窗外，睁眼海南天。
渔船摆海沿，停舫叩喧喧。[3]
海天蓝一色，风浪飘万千。
渔村闹春节，渔火照花玕。
远眺深海处，山出海中间。
夕阳映嶒晖，金色盖水仙。
乐平心似海，纳川智慧全。
海浪幼常踏，不惧浪险艰。
年少入京华，勤智勇向前。
一步一脚印，一年一层天。

三十年拼苦,成功路在先。

今予海天游,观海饱眼福。[4]

月夕海楼静,述旧不瞑目。[5]

除夕论旧岁,新年增月吉。[6]

寸心兄弟意,深情海洒沃。

【注释】

1. 乐平:陈乐平。
2. 饮饯:指大年三十吃年饭。
3. 停舫:渔船停靠的地方。
4. 予:我。
5. 月夕:月末。
6. 月吉:指农历正月初一。

巴山之子王金安

题解：

  王金安生于四川大巴山，长于巴山农家，养成大山性格，生性强硬。如此顽强的高山生命力，几次死而复生之奇，值得称叹。

我游川峦千百峰，唯有大巴山峥嵘。
峻峭风雨沐儿女，金安幼经生死风。[1]
幼岁戏水淹断气，父母备席入林垌。[2]
路医开席试抢救，起死回生谢天公。[3]
长大从戎挂勋章，积劳病倒院屋中。[4]
天坛医院抢救急，医断凶险危怔忡。
医言此类无救例，王听言呼气如虹。[5]
公职家责未有尽，生死我须拼到终。
医生感动再思救，超常细术得成功。
大难不死后有福，巴山之子岩上松。

（2015年冬）

【注释】

1. 金安：王金安。幼年在村池塘玩水淹而断气。父母用草席卷好准备入土。
2. 林垌：树丛中的土堆。
3. 路医：乡镇赤脚医生路过家门。
4. 勋章：王金安在军中三次立功。
5. 无救例：中国颅脑病专科专家会诊认定病人病情过重，手术亦难保性命。

巴山风水／梁文科摄

赠何文波

题解：

2007年至2008年，我与文波在中共中央党校同班学习一年，对其认识较深刻。除课内课外学习，我们业余爱好也相近。同台演奏、打球、骑车郊游等，此类活动他均堪为我师。他博学多通，做事居前，对待学习工作，精力充沛，尽责尽心；在职清正忠诚；待人爽朗真挚、热情洋溢，德才双馨。

高炉铁流火龙腾，文波风流宝钢城。
增钢立国言壮志，建宝举力大半生。[1]
百年回首钢业史，一代铁人历艰辛。
许将相识铁老总，彼此党校同学年。[2]
读书创业何睿智，文采体技亦领先。
厚德载物富才识，得志原不自扬名。
宝钢绩成来新任，五矿有缘在紫京。
德才兼备千峰少，职迁钢协再高搴。

【注释】

1. 宝：即上海宝山钢铁厂。
2. 许将：怎么与之相处与共。

遥望星空为英雄赋颂

银河揽月如旧梦，遥望星空探无终。
古今探险无次第，今朝神舟到月中。[1]
借问英雄在何处，横空穿行游太空。
船飞步步登新宇，天河滔滔颂英雄。[2]

（2012年6月29日作于中国"神舟九号"飞船运载航天员景海鹏、刘旺、刘洋在太空飞行13天完成任务后顺利着陆之时）

【注释】

1. 无次第：无数次。
2. 天河：指银河系。

与航天英雄合影 / 陈善广摄

盼天游

浩瀚宇宙灿，星月伴飞船。

浮游银河水，郎女天倪观。[1]

登月成旧事，火星多璀璨。

广开通天路，游天再登攀。

（2015年冬日）

【注释】

1. 浮游：比喻宇航员出舱时像在水中游泳。

航天知识讲解 / 许达哲摄

西山红叶

近日秋风带凉凋,远山枫叶赤昭昭。[1]

全天温差变化大,秋到气爽天朗高。

多月避疫门不出,今日举家同游郊。

驱车西山看红叶,瘟过狂喜枫萧萧。

(2020年9月20日)

【注释】

1. 凋:萎谢之寒意。《论语·子罕》:"岁寒然后知松柏之后凋也。"昭昭:明显。

西山红叶 / 于晓洋摄

同学情怀寄太行

题解：

  1976年毕业于山西大学中文系时，皆为朝气蓬勃青年。40年后相聚一堂，已为白发老人。各具往事，吐不尽的心绪，说不完的家事。哀乐随风，感慨系之。

晋城山色缀青苍，天高云淡群雁翔。

四十年后同学聚，红颜已化两鬓霜。

馆窗夤月话长夜，叙情言志抱朗畅。[1]

彼此路长叹日暮，相托情怀寄太行。[2]

（2016年于晋城）

【注释】

1. 夤：深，如深夜。
2. 日暮：这里指老年人。

太行山风光 / 金华摄 / 中新社

泸沽湖咏

题解：

　　川滇交界大凉山脉中泸沽湖边，居住着摩梭人，其生活、劳作、婚姻、生死风情仍保留着原始母系社会某些形态，令世人好奇，又有荡漾湖水与壮丽格姆山风光，彼此相映，引来中外大量客人旅游考察。

驱车进凉山，行程千余里。
遥见大格姆，苍原开天际。[1]
车停溪水边，村落木楞密。[2]
邂逅问阿哥，谓之泸沽溪。[3]
前行至宾馆，正当日偏西。
夜幕燃篝火，男女围火嬉。
伴随音乐来，舞蹈翩翩起。
导游歌解明，风情殊有迷。
此地摩梭人，家庭维母系。[4]
女不嫁男人，男不娶女妻。
男女若相爱，阿夏走婚即。[5]
儿女母家养，母系陈规继。
舅男持马耕，女性主家理。
方院数代亲，正房火塘立。

游泸沽湖留影 / 刁尚军摄

暖照茶食炖，长年永不熄。
女人管供家，母主家德贻。
无恶无犯罪，人和安泰旖。
同人进家访，舅男迎有礼。
达母慈祥貌，招呼客座席。[6]
询问热情应，言辞见母仪。

泸沽湖（一）/ 刘昌松摄 / 中新社

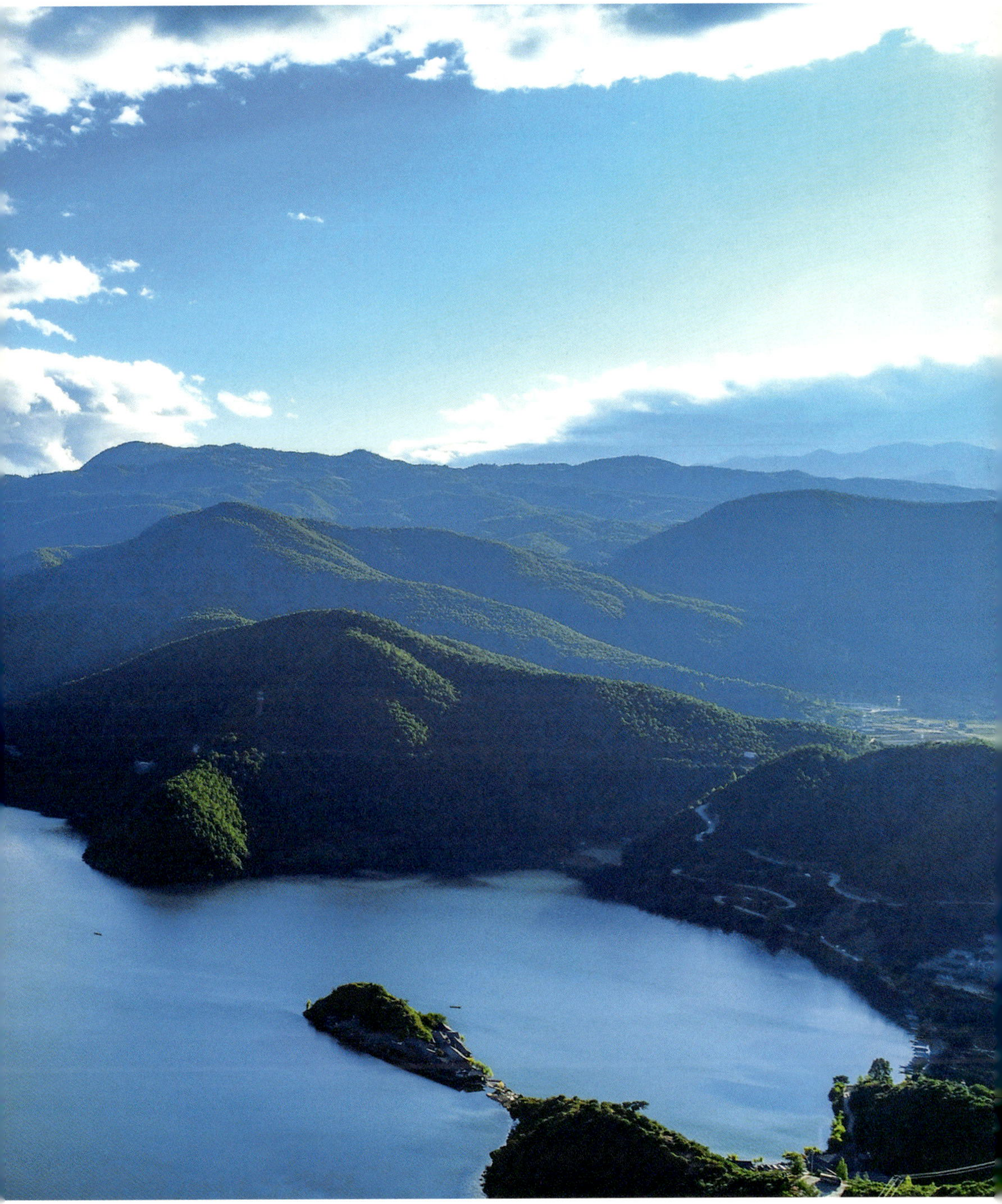

泸沽湖（二）/ 刘昌松摄 / 中新社

告辞达母家，泸水望旖旎。
再眺群山远，格姆山瑰奇。
诺亚方舟女，造福一天地。[7]
女人世界里，半边天彩霓。

（2001年初秋于凉山州）

泸沽湖（三）/ 刘昌松摄 / 中新社

【注释】

1. 格姆：当地称格姆山，母神山。
2. 木楞：用木头建的房子。
3. 泸沽：指泸沽湖，人称母亲湖。泸沽溪：泸沽湖边的湿地。
4. 母系：这里指母亲为家庭中心。
5. 阿夏走婚：此为摩梭古语，意为相爱男女，晚来晨往，各往母家。
6. 达母：对家庭老母亲的尊称，为一家之主。
7. 诺亚方舟：传说古代大凉山发洪水，冲走很多人，唯有一女子抓住养猪木槽，在大水中漂流了几天幸存下来。该女子在此地建立起一个女性王国，即女儿国。

参观呼吸庄园寄赋

题解：

　　办企业、搞实业，除盈利之外，其原则是社会责任。王亚兰种植有机蔬菜，首先注重食用健康，保证质量安全，闻而为之赞叹。

有机菜蔬品质佳，盛顺菇香进万家。[1]
京东千陌种善意，土肥水种科学化。
处处关情人康事，颗颗实果无疵瑕。[2]
创业便作长计议，爱心善为普天下。

（2019年初秋参观京东呼吸庄园有感抒怀）

【注释】

1. 菇：富硒蘑菇。京东呼吸庄园，也叫红豆杉庄园。北京盛顺缘生态农业科技开发有限公司置此。
2. 无疵瑕：呼吸庄园生产有机蔬菜、无瑕食品。

京东呼吸庄园 / 王亚兰 摄

重访房教授[1]

题解：

　　房维忠教授系我的老同事，退休后居西山韭园沟山腰天然石洞，专心研究《鬼谷子》。常与相见，每逢所获必多，感而吟。

我往访教授，韭园见房家。[2]

欻然抬头望，满山乱砖碴。[3]

问公扒屋意，苦脸兼言哑。

不惬无家回，待我洞中茶。

三杯话匣开，一夜全推拉。

谓之违建屋，规划环境差。

十年探兵鬼，深住百丈洼。

半山仙人洞，唯一房公家。

兵书抱在枕，交流走天下。

探赜二十年，白发见生涯。

洞中坚苦志，学术开智花。

苍苍燕山洞，雨后花飞霞。

【注释】

1. 房教授：指国防大学教授房维忠。
2. 韭园：北京市门头沟区韭园村。
3. 欻然：忽然。张衡《西京赋》："神山崔巍，欻从背见。"

仙人洞 / 丁原摄

回乡偶忆幼识山间石屋牛爹

题解：

20世纪50年代，长辈带领我们兄弟到潘冲舅爹所居深山垦荒种地。初见牛爹，皱眉深陷，古铜色脸，含笑慈祥，在我幼小心灵上刻下了深深印记。

五十年代中，地少家贫穷。
小父携小辈，拓荒进潘冲。[1]
我随父兄后，悠悠尾跟踪。
雉鸟头上叫，路茅颈盖篷。
山下仰头望，石屋半山中。
上山步台阶，屋顶盖草棚。
一上阶石古，再涉棚前东。
门左黄果树，门右古老松。
父呼牛爹应，老翁声如钟。[2]
爹爹笑迎我，我忙前鞠躬。
老爹拉我手，笑脸似古铜。
进屋阴幽暗，四面石透风。
三代亲舅人，相逢暖融融。

（2016年秋）

双峰群峦 / 陈卫东摄

【注释】

1. 潘冲：位于湖北大别山尾双峰脚下潘冲之坳，老舅爹家。
2. 牛爹：奶奶娘家前辈，家住山上石屋，因常年于山上养牛，人称"牛爹"。

终身难忘的一刻

题解：

1966年国庆节后，我被学校选为中学生代表，乘车到北京。10月8日清晨，全国数万名学生代表，沿着天安门前长安大道排成两排。九时十分，毛主席乘坐检阅车接见了来自全国各地的学生代表。

火车驰京城，满载鄂学生。[1]
不看喜形色，安知狂热心。
晚朝到京站，科大师生迎。[2]
且夜卧厅堂，笑语闹三更。
澎湃心荡荡，目星眼睁睁。
清晨领队呼，广场等接见。[3]
九点过十分，万岁声雷鸣。
主席挥手来，学生喜复惊。
仰视领袖近，心跳动怦怦。
欢呼万万岁，地动天也鸣。
欢呼摇天响，红旗拥海深。
数日难入睡，刻骨记终生。

【注释】

1. 学生：湖北大、中学生代表。
2. 科大：中国医科大学（今北京协和医学院）。
3. 广场：天安门广场。

念父

贫家长男立志早，家庭社会双肩挑。

兼做贫协义务工，为民除恶亮箭刀。[1]

掩护英烈打游击，不畏生死战骁骁。

敌人常来围村绕，父术飞檐奔山壕。

甘苦生死遭暗箭，义气英胆老夫豪。[2]

同楼二老谈往事，刘胡高贤撰诗表。[3]

莫道陈公少年难，岁寒曾过几番熬。

不是文人通文理，不是武人胜武豪。

【注释】

1. 贫协：贫农协会。
2. 义气英胆：做事讲义主正，行有胆量，敢作敢为。
3. 二老：刘祖靖与陈春明。刘祖靖，辛亥革命老人，中国人民解放军总参谋部军事训练部原副部长。我家与刘老家同住东四"老段府"六号楼。刘老与吾父两位辛亥老人常忆往事，刘老赠予父亲题词："春蚕到死丝方尽，蜡炬成灰泪始干。"高贤：指刘祖靖老首长和胡忠元教授。

忆故乡除夜

除夕坐夜深五更，
洗漱换装未天明。
老少家家门前拜，
香火蜡烛阗曛曛。
拜天拜地同拜祖，
回头再拜塆乡亲。
平日邻里怨恨结，
春节拱拜一笑泯。[1]

（2018年春节夜）

【注释】

1. 拱拜：两手抱拳在胸为拱拜，即为拜年。一笑泯：两家平时若有怨恨，互相拜年后，隔阂即消除了。此为和谐之举。

童年二三事

红旗飘飘

号角冲破天，红旗插满地。[1]

民众潮汹涌，跃进步步逼。

村长哨声响，男女村头立。

一二三四五，分工且明晰。

群众奔工地，上工有分记。

农活做一半，男女调笑戏。

我女闹呱呱，你儿该娶媳。

男人抽烟去，女人带铺衣。

做事凑一堆，好坏无评比。

女人日八分，男人十分计。[2]

聊天不觉时，日照已偏西。

钟点哨一响，回家飞步急。

【注释】

1. 红旗：那时一村一队，队下分小组。下地干活都要扛着红旗。
2. 分：干活记工分，年终以生产队为单位结算。

大食堂

烟香大食堂，人人喜洋洋。[1]
一队一堂厅，一家一桌方。
吃饱无操心，好坏无须讲。
一户无禽鸣，六畜卷空场。[2]
三餐食肚饱，一睡到天光。
家仓无粟米，灶台无烟香。
生活似热闹，家事皆不想。
天道不酬懒，饱饭食难长。
日改三餐粥，瓜菜代食粮。
无油蔬哽喉，粥稀菜飘扬。
童子呦呦叫，大人骨瘦长。
食堂两年空，菜粥也无望。

【注释】

1.大食堂：一个村，人少的办一个公共食堂；村大人多的，分队办食堂。
2.六畜：指猪羊牛马狗鸡等。

上中学

人人有书读，重点概不分。

学费何其少，家长负担轻。

处处闹饥荒，师生供粮证。[1]

外援盖校舍，内外明电灯。

名城来教师，师资多外请。

中俄有合作，十年制课程。[2]

学校教中心，课改教学新。

晨读学生早，晚习教师跟。[3]

尊师又重道，学教皆真心。

上下重教育，校风日日新。

【注释】

1. 粮证：即粮票。保障学生每人每月24斤粮。
2. 十年制：从小学到高中毕业共十年，学习苏联的方法。
3. 晚习：晚自习时老师跟班辅导，平时学生可随时到老师办公室或宿舍求教。

退休

题解：

　　履职岁月，东跑西行。时或任务重，昼夜奔忙，身心疲惫。退休后，一切外务均已放下，感觉轻松愉悦。自题一联曰："退职退劳退疲惫延年益寿，修身修性修文心我道自然。志感自言之。"

观近思过往，忙闲各半生。
公事离披去，楼舍相与永。
在楼履职忙，离京南北巡。
行装刚落地，接待仔细诚。
白天大小会，夜间整理清。
原则语规范，端正自言行。
恭陪多礼节，迎送胜亲人。
三餐佳肴饱，天坐至黄昏。
桌椅脚坐断，体胖腰自横。
万事终有结，夕阳启新程。
况资养老有，老干公员亲。
从此居安屋，弥年逐清景。
荤素清淡调，两腿自由行。
无事乱翻书，有书朋友群。
神游千界上，心畅书山林。
着地小块空，时蔬小菜青。

家务顺手做，夫人笑欢颜。

脑体结合好，赚得健康身。

过往今不在，世态人知情。

自在健恬泰，退休岁月增。

（为纪念建立干部离退休制度四十周年作）

休闲菜园 / 段利摄

游华山

一路行太少，河山分两边。
渡河过武关，峭岩穿箭林。
远眺绝峰秀，东西险象生。
垒垒削刀石，山悬挂层层。
登台观西路，峻谷游凉嗔。
幢峡仰天过，山北悬眼昏。
两峰绕云白，绝壁禁三面。
苍龙盖南山，仰头北麓尊。
登顶见云海，峰峰耸数层。
东峰下南壑，崖石见刀痕。
向北望太岳，转身上泓岭。
太华峰云云，少华山嶒嶒。[1]
曲折入地险，蜿蜒曲崎崟。
一路叠一障，三折回三萦。
最后登跨鹤，听涛不鸟鸣。[2]
同路迈腿软，伴回进金仙。[3]

（1989年夏游华山）

华山易 / 胜武摄 / 中新社

【注释】

1. 太华、少华：指太少两山，华山为太华山，即主峰；低一些的山为少华山。
2. 跨鹤：指跨鹤岭。
3. 金仙：唐玄宗的妹妹金仙公主修道的地方，对面是跨鹤岭，传说金仙公主化成仙鹤后从此地飞走了。此指游者也皆往回走了。

回故乡重游巍巍楚古都感怀

题解：

　　给人们无穷智慧和启迪的楚古都荆州地域，从西周至楚庄王称霸，四百余年，围绕荆州战乱不断。楚灭后八百余年，梁元帝萧绎派大将陈霸先平了侯景之乱，又定都江陵（荆州），先后又有四个朝代、十一个帝王在此建都，一百多年来又是围绕荆州战乱纷争。到了汉代，魏、蜀（汉）、吴三国，在此展开了六十年争霸大战。巍巍古都，几千年为兵家必争之地，这里不仅给后代留下了太多的历史故事，也留下了无数宝藏文化。每次回到家乡，总会到古城、古塚、山丘游临，不禁浮想联翩。

重游古都怀故兮，且看演义万卷笔。[1]

叙说三霸魏蜀吴，围绕荆州鏖战激。

曹战吴蜀向南征，刘备新野曾逃避。

隆中对策诸葛献，联吴退曹战赤壁。[2]

复汉心急不奈何，不占襄阳另向西。

刘军失败落坂坡，江陵曹驻扫熊罴。

曹军连胜顺江流，降孙方略落败绩。

孙刘联盟共抗曹，败北曹营黄河濆。

赤壁曾将万军毁，折戟沉沙终有期。[3]

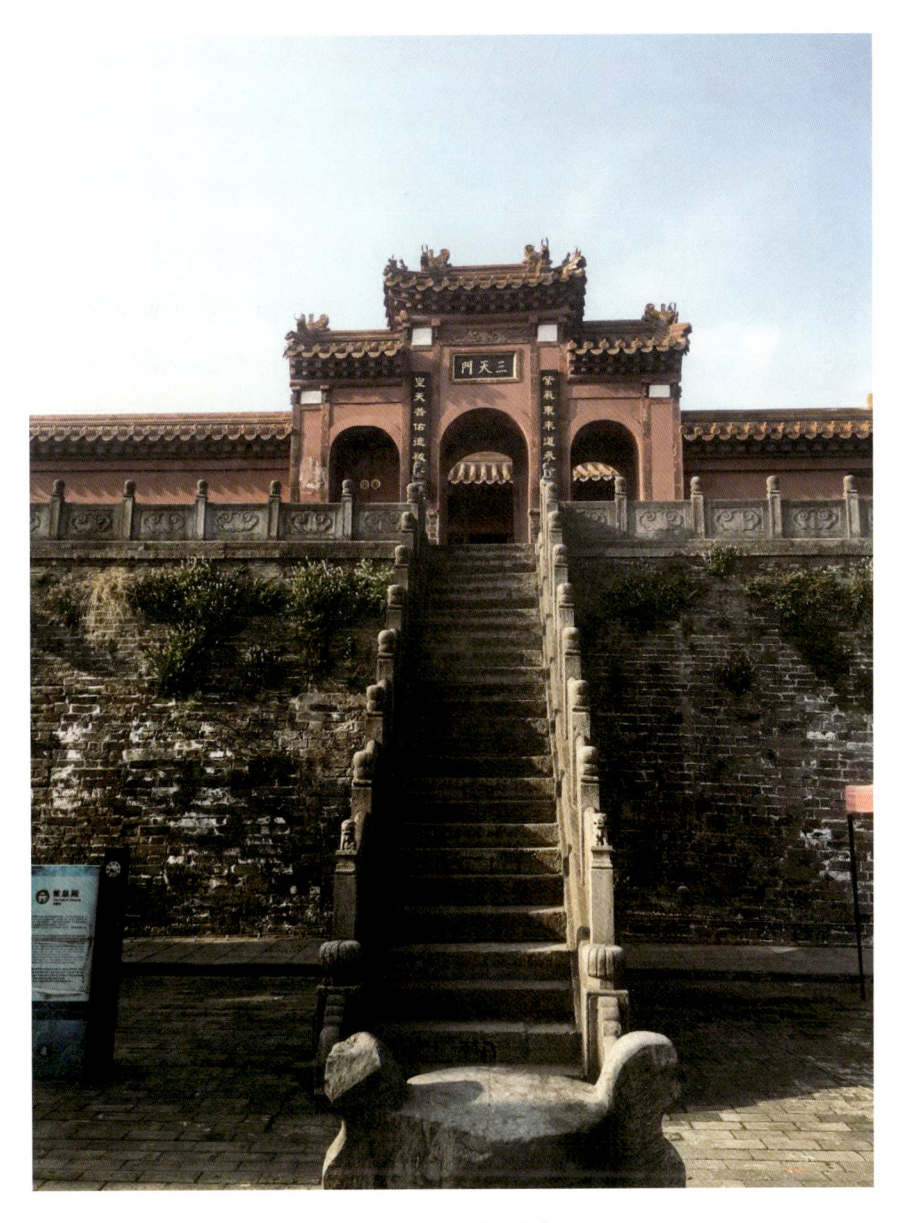

赤壁遗址 / 陈世农摄

吴怨蜀军返回荆,争夺荆州风雷急。

孙曹联纵战刘军,戟折沙沉势已趋。

关羽永诀麦城南,高喧庙堂英雄义。[4]

已去紫台江岸边,独留青塚白山溪。

江湖山川供筹策,火灭烟销留津迷。

【注释】

1. 演义:小说《三国演义》。
2. 隆中对:东汉末,诸葛亮居隆中(襄阳西)。207年至208年,刘备三次访问诸葛亮,诸提出占据荆州、益州,兵分两路伐曹的策略,史称"隆中对"。
3. 赤壁:山名,赤矶山。湖北蒲圻县西北。东汉建安十三年(208)刘备败曹于此。折戟沉沙:指战器折毁沉没。280年吴国灭,三国止。
4. 庙堂:即关帝庙。荆州城内外原有关帝庙六处,是著名的纪念性建筑。

乡友袁汉平来京相见为赋

题解：

　　"文化大革命"时，学校停课，我与汉平相约衣店学艺。次年，共入戎行。由是一南一北，相隔几十年，近日汉平夫妇由南宁至北京，我喜出望外，情深意切，难以言表，赋诗相赠。

山枫秋深赤，园菊月金黄。

闻讯汉平来，延颈立窗旁。

五十年后见，青鬓化雪霜。

"文革"无书读，学艺裁衣裳。[1]

一师同一饭，交情岂能忘。

相忆两从军，征程南北方。

其间偶有问，匆遽各自忙。

昔年命安好，不觉华年长。

老至同旦暮，家乡共烟香。

情深语难尽，惜别抱徜徉。[2]

（1995年9月20日）

【注释】

1. 学艺：笔者同袁汉平到裁缝店学艺，拜一师，吃同一锅饭。
2. 徜徉：依依惜别之情。韩愈《送李愿归盘谷序》："从子于盘兮，终吾生以徜徉。"

一天行

晨朝犬吠起,残梦猫随跟。[1]

早餐一碗粥,午茶两杯醒。

园中整菜蔬,书屋乱翻腾。

园蔬与书理,又是一天行。

【注释】

1. 犬吠起:每天早五点半,我家"黑背"叫两声,我便起床。残梦:犬吠把我从梦中叫醒,起床后猫又绕着我脚后跟转。

晚霞漫步 / 段利摄

登泰山记咏

（一）
史地泰山尊

五岳泰山不最高， 犹有此岱独尊豪。[1]
东天一柱向大海， 西临黄河面滔滔。[2]
夏禹五洲拥泰岱， 战国六都争拜朝。[3]
日出泰顶生紫气， 曾有朝朝赛龙袍。[4]

（二）
史供泰山神

封禅祀岱春秋际，秦汉唐宋隆重筹。[5]
朝兴国昌祭天地， 造神庙观满香沟。
道佛梵音岳四起， 神手玄尊齐鲁俦。
幽岭处处延万鬼， 神山重祭传千秋。

中华泰山（一）／李明摄／中新社

（三）

史辑泰山文

一座泰山一册文，九州文典沉岱馨。[6]
石刻诗文如泰重，篆隶正草圣书林。[7]
历代帝王录封记，天下文豪显才情。
史迹珍典富泰斗，神山文化凝一尊。

（四）

自然泰山景

泰山古奥且峥嵘，岫岩壁立数万层。
四季峰峦化姿纵，奇景雄文竞相争。
顶观日出放彩异，心旷神怡霞光生。
脚踏岱顶觉厚重，眺览江山风骨存。

（2006年秋）

中华泰山（二）/ 李明摄 / 中新社

【注释】

1. 独尊：泰山是东岳，华山为西岳，衡山为南岳，恒山为北岳，嵩山为中岳，泰山为五岳之最。

2. 东天一柱：中有岱岳，即泰山居中，为天下中心，成为万里原野上的"东天一柱"。

3. 六都：战国时期，泰山周围建有六国都城。

4. 龙袍：皇帝穿的袍为龙袍。

5. 封禅：自夏商周始，泰山就有大量祭祀活动。封禅制和封禅大典是由岱宗六典综合演变而成的。自唐以后逐渐成为综合性国家政治大典。

6. 沉岱馨：泰山是中国文化史的局部缩影。"史莫古于泰山。"周灭商之后，姜太公在泰山建立齐国。诸国会盟、习武学军、孔孟办学等，形成齐鲁文化之邦，保存了大量文化遗产。

7. 泰重：比喻石刻诗联像泰山一样重。泰山现存石刻2200多处。书林：泰山石刻文物中，书法有真、草、隶、篆，有李斯碑、曹全碑、金刚经等无数大家手笔真藏，成为中国书法艺术的一座宝库。

游临淄牛山（排律六十八韵）

自伍思半生，投戎习军文。
军营喜深究，兵地勤耕耘。
今我登牛山，心胸荡兵魂。[1]
立祠仰太公，巍巍尚父名。[2]
营丘眺齐远，故人武台新。[3]
西殿看细细，稽古忆兵魂。
管孙司胺田，承师报太恩。
战国闯廓临，霸业复重生。
齐国开都邑，汉魏联西晋。
太师辅桓公，周兴灭商殷。
太公挂帅征，牧野战之神。[4]
抑北转摧南，兼济步紫垣。
司马传承法，尊贤尚武经。[5]
崇仁尚礼大，备战慎出兵。
将士修军容，重分则相轻。
智勇结合巧，静动观自清。
兵家继传统，数代人继承。
唐李修法兵，管仲计有胜。[6]
尊王攘夷狄，天下匡正名。[7]
九合会诸侯，正伍修甲兵。[8]
国力靠革新，安国和亲邻。

朝朝卷云风，处处战火升。
春秋战乱多，盟主注重军。
学军用于世，用世立功勋。
穰苴显司马，文武示族恽。[9]
斩宠正军法，治军执法严。[10]
三代征伐远，严法并威恩。
兵学传后代，赐孙更武名。
孙武献吴王，十三具法篇。[11]
兵法经中经，核心是备军。
经之以五事，法道将地天。
将能通九变，智信严勇仁。
上下同一念，将卒和家亲。
知己且知彼，百战不殆言。
贵胜弃贵久，后战胜在先。
出其所不趋，趋其所不意。
致人不受致，形人无我形。
我专扮分敌，以众击寡阵。
用而视不用，能而视不能。
近而示之远，远而视之近。
兵贵向神速，避实击虚兵。
六形于九地，战法据自寻。

175

明君慎之慎，良将警之警。
战场变万化，应变出奇兵。
兵家出奇才，孙武传孙膑。[12]
庞孙师鬼谷，吴君得辅臣。[13]
膑才遭庞嫉，蒙冤回齐城。
膑幸逢齐主，威王识良臣。
赛马用奇招，桂陵战有名。
围魏救赵兵，减灶添兵阵。
虎啸震空野，魏军散尸横。
战例颂今古，兵学习经深。
义军论义战，天时加地利。
阵势变权道，主动握手心。
田单计抗燕，火阵驱敌兵。[14]
即墨破燕歌，救齐置图存。
出奇计无穷，相生返奇正。
兵不厌诈术，敌情察自清。
文伐并武伐，术略同战阵。
孙祖绪后孙，兵法续脉承。
法家修兵法，经典值万金。
孙子法传远，兵者何不明。
立淄忆军经，军学情无尽。

归馆步窗下，望山半白云。

藉古怀心得，经概核心言。

今战已非昔，兵法取其精。

万战不离宗，活学得真经。

老至提笔重，寄诗颂兵魂。

临淄牛山兵祖展览馆／董红光摄

【注释】

1. 牛山：在山东省临淄南。《诗经·齐风·南山》云："南山崔崔，雄狐绥绥。"

2. 立祠仰太公：为纪念齐国始祖，于1993年在姜太公衣冠冢北侧修建了姜太公祠。

3. 营丘：临淄原名营丘。

4. 牧野战：周灭殷的战役。

5. 法：指司马法，是继太公《六韬》之后的，齐国的第二部兵法。

6. 管仲：名夷吾，字仲。辅佐齐桓公，修行以太公为主旧法，择善而用。桓公称"仲父"。

7. 匡：一匡天下。匡，匡正、纠正。

8. 九合会诸侯：指齐桓公、管仲九次会盟诸侯。

9. 穰苴：指司马穰苴，也称田穰直，是田完的后代，齐国军事家。

10. 斩宠：齐景公命穰苴为大将，在率领大军抗燕、晋两军之时，因监军宠没按时到达，穰将宠当场斩首以正军法。

11. 孙武：字长卿，陈国公之后，赐改田姓，是田完后裔，与田穰直同族，是齐国著名军事家。十三具法篇：指孙武献兵法十三篇，为吴国将军。《始计篇》《作战篇》《谋攻篇》《军形篇》《兵势篇》《虚实篇》《军争篇》《九变篇》《行军篇》《地形篇》《九地篇》《火攻篇》《用间篇》。

12. 孙膑：田齐族人，是孙武之后代，齐国兵学家。

13. 鬼谷：鬼谷子，战国楚人。《史记》载苏秦、张仪俱事鬼谷先生学术。鬼谷子三卷，其内容是知性寡累和揣摩、捭阖等术。孙膑与庞涓同学此术。

14. 田单：战国时期齐国人。抗击燕复国立下功劳，襄王封为国相，后又封为安平君。

石榴情

题解：

　　我到四川旅游的时候，邂逅朋友友华。他的家乡会理盛产石榴，每到秋天石榴红了的时候，他总要从遥远的大山给我寄石榴过来。石榴红美而苞实，更让我看到他把友情看得比山重、比石实。

会理北京同四季，川峦峰群拔地青。

会城园园红火火，石榴含苞赤澄澄。

俯仰西南千古月，人情厚重还山城。

萍水相逢缘千里，榴红苞实情更深。

翻书思深心不迷

题解：

一个人从小在父母的教诲下养成的习惯，长大以后是很难改变的。幼时，母以"吃饭不挑食，吃饱就行。饭食八分饱，有利身体好。抽烟如吸毒，千万别抽烟"等语相教。学校教我知识，而父母规范我行为。有怀内外教诲，靡日不思，宜终身谨守，吟以为谢。

岁月催人到古稀，终朝书墨不知疲。
见说吃喝玩乐好，我心诗书笔砚迷。
曾记母教戒烟酒，遂成欲寡获养怡。
得暇开卷见天地，读毕思深心不迷。

看书 / 张海飞摄

读《王羲之书法全集》怀感

天纪启真命，晋代王右军。[1]
书香门骄子，复出瀚墨精。
当朝文豪家，亦称武将星。
出生于临沂，移居秸山阴。
家训传书翰，少习卫夫人。[2]
研习万笔杆，博采众法门。
草书师张芝，正体习繇本。
自言学钟书，一味抗当行。[3]
又言比张芝，犹当飞雁云。
学古不泥古，效法必增损。
一变风汉魏，天然功夫深。
精研篆隶素，裁妙点曳神。
状若断还连，势如斜反正。
行书合规仪，调谐美姿准。
损益合宜草，风骨宜熟纯。
兰亭作绝序，天下第一行。
魏晋风展露，媚秀又遒劲。
超超前人书，诺诺当朝名。
羲之当之贵，书圣出神品。
王书无价宝，崇圣传古今。

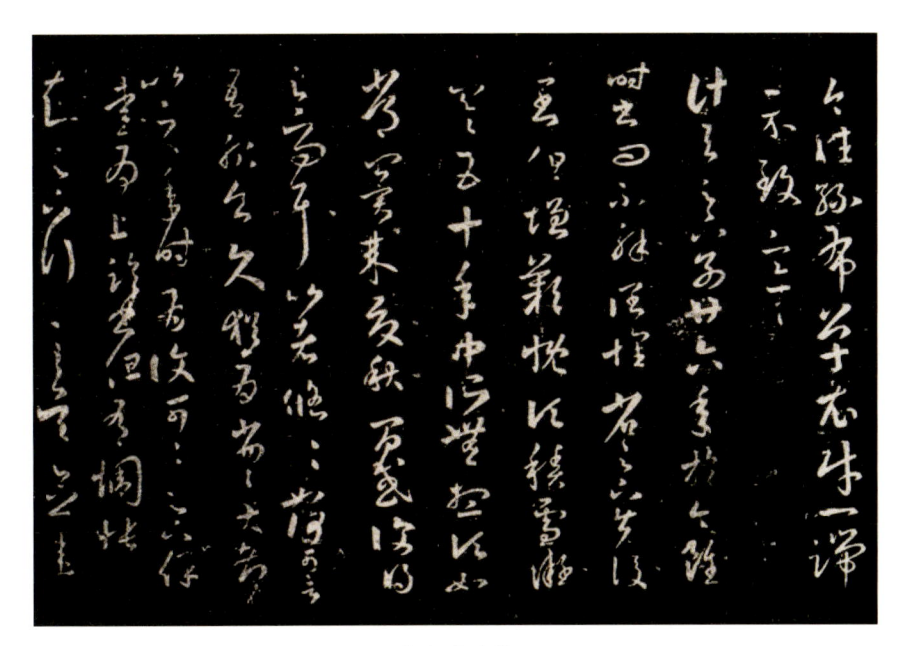

王羲之书法作品

【注释】

1. 王右军：《晋书》记，王羲之字逸少，琅琊临沂人，出身名门望族，全家擅书法。后徙居会稽山阴，官东晋右军将军，故又称"王右军""王会稽"。
2. 卫夫人：东晋著名女书法家。
3. 抗当行：王羲之在学钟繇的基础上进一步改革，使楷书完全脱离了隶法。楷书改革完成之后，促成草书从"章草"到"今草"，形成了介于楷书和今草之间的能代表晋书"尚韵"的行书。王羲之学张芝同样本着"增损""抗行"之精神。

书海拾贝（学书法体验绝句）

题解：

　　20世纪50年代初，我上小学一年级，开始临帖写字；上了中学，大哥辅导我写字；上了大学，受古典文学家、书法家姚奠中教授指导；进入社会后，向吴丈蜀、启功等诸位老先生还有书家好友学习。就是这样不辍地学，也不见得写得好字，谈书法艺术就更难了。我只能从自己学习实践中得点体会，如大海拾贝，与方家共雅，仅此而已。

石刻拓本仍称碑，甲金篆隶始汉魏。
字体演变原有道，追根溯源得精髓。

石刻碑书方圆妙，洞达疏朗一炉烧。
开唐正书兼有隶，沉重雄厚出新潮。

刻帖伊始自南唐，学书开帖先模仿。
行草楷体规正秀，名家典墨常端详。

南帖北碑形质异，正行草章源篆隶。
苍松古柏根根深，汉书艺坛体体奇。

千年书法百家长，习帖临碑化万方。
法古悟道先正入，后出奇变自掂量。

篆隶正草源流识，诸体大小共临池。
炉熔出落自乃得，章法艺道重恒持。

南帖北碑墨久芳，力骨风神均有藏。
横纵开合笔寻路，发棹溯流至晋唐。

书谱典籍金石开，循规蹈矩学承来。
守法求变化新意。天下墨迹供谁裁？

书法有法无定法，衣钵相传法传家。
法中求变心自得。入古出新笔生花。

墨池未开先思成，管锋落下力千钧。
下手提按风雨快，笔走龙蛇气已吞。

作书越写越觉难，书艺园中眼斓斑。
欲进书家桃园里，还须翻岭越重山。

一音一义一字体，自立自体自势倚。
八面点画拱中心，骨肉神气如命立。

书法玄妙达乎道，阴阳对立媒为娟。
疏密波折筹转化，点画互依笔妙操。

好妍尚法求韵意，各代崇风点不一。
家家论书均可考，良莠真伪自悟得。

固守硬套法不佳，历代书经学活化。
执法求变须自立，扬弃创新是为家。

讲法容易运筹难，识度诚是大难关。
枯润奇正求质美，恰如其分心手瞻。

书艺要核在笔运，结体章法随后程。
形意气情融肌体，几点趋向一核心。

造形谋篇思几回，从心所欲不逾规。
瘦壮人人不一样，唯有精神力活美。

书法形象哲理深，字有语言未闻声。
声音藏在墨迹内，谁见兰亭不言名。

一幅书法形似画，彬彬文质舞乐家。
结构严谨带诗韵，高雅含蓄满壁花。

为书之妙在于心，笔持原理久践行。
基础精熟再求变，书摒神秘说过庭。

书法进展数千年，美之本质无变迁。
切莫偏执离法远，中和为的求美篇。

写字如庖丁解牛，字字贵真妙难求。
虚实静动相宜彰，精气神在墨中流。

后记

  第二辑《天地行咏》，同样是在诸多朋友的勖勉下写成的。尤其是老朋友，中国艺术研究院戏曲研究所郑雷先生，为其修改润色付出许多精力，令我佩服感激。还有中国新闻社的刘党生和摄影大师们，为本书提供了高质量图片，为诗文增光添彩，亦展现了高超艺术水平。文化艺术出版社的编辑们，特别是责任编辑张恬、刘颖及美术编辑赵矗，认真负责改稿，传递、交换文件等，做了大量工作。陈善广、段柱、宋太平提供了合意图片。乔杰伦、朱新民、俞诚、陈福钢、陈煜、王亚兰、王金安、刘文玲等朋友为本书的出版提供了相关帮助，特致衷心感谢。